U0731851

09
—
Sep / 2017

未讀
UnRead

「 未读之书，未经之旅 」

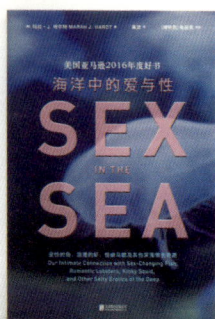

海洋中的爱与性

49.80 元

[美] 玛拉·J. 哈尔特

2017-08

美国龙虾的尿液是强力春药，银汉鱼喜欢上演五十度灰的戏码，庞大的灰鲸会憋着气在水下进行 3P 大战……以拟人化的笔法和科学严谨的写作，带你进入海洋动物咸湿而狂野的情爱世界。

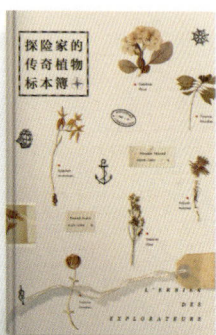

探险家的传奇植物标本簿

188 元

[法] 弗洛朗斯·蒂娜尔
雅尼克·富里耶

2017-05

揭秘改变世界的传奇植物发现史，讲述植物与探险家之间不为人知的故事。超大尺寸、文物级珍贵植物标本照片，英国皇家植物园（邱园）鼎力支持。《博物学家的神秘动物图鉴》同系产品。

信息图系列

128 元 / 128 元 / 108 元 / 128 元

食物信息图 / 宇宙信息图 / 足球信息图 / 人体信息图

2017-04

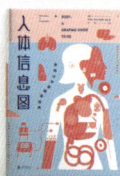

一套用信息图形式创作的趣味百科，让统计变得有趣，让数据变得好玩，让知识像胶水一样黏在你的脑海。精装全彩，开启全新阅读体验。

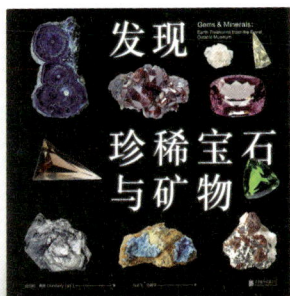

发现珍稀宝石与矿物　　　　　　　199 元

[加] 金伯利·泰特　　　　　　　　　　2017-08

把一座纸上地质博物馆搬回家，权威著译者，400 余幅写真美图，呈现 260 种地下奇珍的传奇容貌与身世。宝石猎人的实用寻宝图鉴，地质爱好者的审美盛宴。

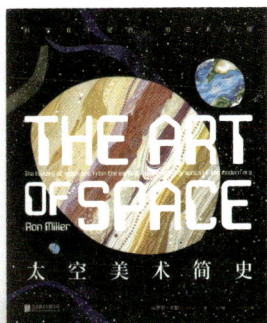

太空美术简史　　　　　　　　　　199 元

[美] 罗恩·米勒　　　　　　　　　　　2017-09

天文知识和宇宙幻想的视觉再现。艺术、科技、历史、文化完美交融，太空时代人人都要读的综合审美读本。精装大开本，350 余幅太空美术代表作。天文爱好者、艺术爱好者和科幻迷必藏精品。

国家地理终极观星指南　　　　　　68 元

[美] 霍华德·施耐德　　　　　　　　　2017-08

美国国家地理出品。天文知识 + 观星技巧 + 器材建议，小白观星入门上佳之选，适合随身携带的天文指南，《天文爱好者》杂志专业推荐。（附赠 PVC 防潮书皮）

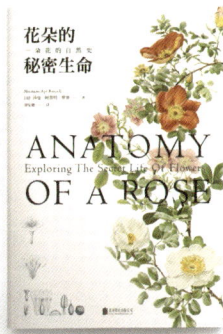

花朵的秘密生命　　　　　　　　　49.80 元

[美] 沙曼·阿普特·萝赛　　　　　　　2017-07

畅销全球 16 年自然科普力作，一本翻开就能闻到花香的书，一次绚烂花田里的徒步旅行。作者综合植物学和科学史，以生动优美的诗意文字，探寻花朵不为人知的记忆与感知，再现植物世界令人惊叹的自然史。

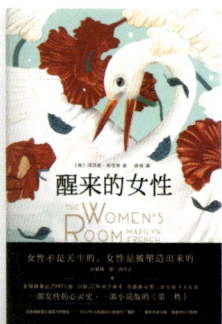

醒来的女性

90 元

[美] 玛丽莲·弗伦奇

2017-07

本书着眼于一群美国五六十年代的普通女性，在那个倡导"女人的天下在家里"的时代，她们虽性格各异，背景不同，却都面对着相似的命运——牺牲和服从。这本书以细腻的笔法，展现了这一代女性的心灵史和自我觉醒的历程，也影响了无数女性的一生。

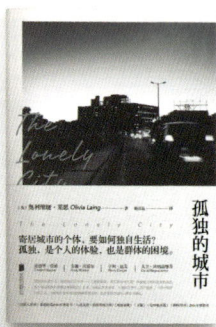

孤独的城市

55 元

[英] 奥利维娅·莱恩

2017-08

寄居城市的个体，要如何独自生活？身处现代城市的人群中，却无法与他人发生联系，仿佛置身于一座孤岛，发出没人理解的呐喊。写给城市生存个体的"孤独之书"，《出版人周刊》《纽约时报》2016 年度好书。

呕吐袋之歌

98 元

[澳] 尼克·凯夫

2017-07

音乐鬼才、暗黑摇滚明星尼克·凯夫 Nick Cave 在 22 座城市上空，在飞机的呕吐袋上写下的人生之歌，宛如抒情版奥德赛，洞悉世间生死爱恨。P.K.14 主唱、音乐人杨海崧翻译。整书装帧精致独具创意，由曾获 10 次"中国最美图书奖"设计师周伟伟设计。

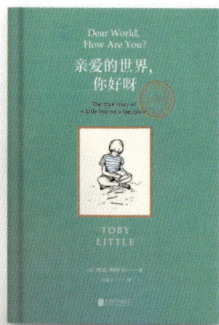

亲爱的世界，你好呀

49.80 元

[英] 托比·利特尔

2017-06

这是一个五岁的英国小男孩以赤诚之心探索世界，又得到全世界温柔回应的真实故事。这是一份来自全球 193 国的邀请函，邀你探索五岁孩童充满趣味与惊喜的世界观。献给每个有着大大梦想的小孩，和每个曾有小小梦想的大人。

未讀

UnRead

—

文艺家

I'M

THINKING

Iain Reid

O F

ENDING

THINGS

我想

结束这一切

北京联合出版公司
Beijing United Publishing Co.,Ltd.

[加] 伊恩·里德————著 千耳————译

献给唐·里德

我想结束这一切。

这个想法出现后，它就扎根了。它扎入脑海，徘徊不去，主宰了我整个思维。我对此无计可施，真的，它不肯放过我。无论我吃饭、睡觉，还是做梦、醒来，它都一直紧紧地攥住我，一直。

这个想法才刚出现，但又长久得仿佛一直在我的脑海中。究竟是从何时开始的呢？是否我还没意识到，它就已经在我心里生了根、发了芽？我从未将这个想法说出口，它有可能来自别人吗？

也许，只有我是心知肚明的，它大概会惯性地持续下去。

杰克曾说过："思维往往比行为更真实、更现实。你可以说给别人听，做给别人看，却无法伪装自己的所思所想。"

人无法伪装自己的所思所想，这正是我目前所想的。

这令我焦虑。是的，或许我早就知道这一切为什么会走向结束，或许开头就已注定了结局。

· · · · · · · ·

马路上空空如也，四周一片安静。空旷，超乎想象地空旷。沿途景物不断，只是没有那么多人，没有那么多房子。只有天空、树木、田野、篱笆，还有这条路，以及砾石的路肩。

"想不想停车来杯咖啡？"

"不用了。"我说。

"过了这里之后都是农田，没有商店了。"

这是我第一次拜访杰克的父母。或许将来他的父母也会成为我的父母。杰克，我的男友，他担任这个身份的时间还不长。这是我们的初次旅行，也是我们第一次长途自驾旅行，我却吊诡地满怀忧愁——无论是对我们的关系，还是对他的存在。我本该是兴奋的，满怀期待的，实际却没有，一点儿都没有。

"咖啡和点心都不用，"我又重复了一遍，"我想留着肚子吃晚饭。"

"我觉得今晚的菜不会很丰盛，近来，我妈妈一直很疲惫。"

"你觉得她不在意我的拜访？是这个意思吗？"

"不不，她会很高兴的，她的确很高兴。我的家人都非常想见你。"

"说真的，这附近谷仓真多。"

这一路上见到的乡野风光比我这些年见过的都多。它们大同小异，几头牛，几匹马，还有羊群、田野、谷仓，以及一大片天空。

"这里的高速公路上没有灯。"

"车太少，不需要那些灯，"他说，"我想你已经注意到了。"

"晚上会更黑吧。"

"确实。"

杰克总给我一种似曾相识的感觉。我们认识了……一个月？六周？也许是七周？我应该记得很准确的，我想应该是七周。我能真实地感到我们之间的联结，一种少有的紧密依附。我从未有过这样的经历。

我蜷起左腿垫在身下，随后转向杰克："你对你父母说起过我的事吗？"

"对我父母？说了很多。"他边说边瞄了我一眼。我很喜欢这个眼神，就笑了起来。这样的他让我着迷。

"你说了些什么？"

"我说我遇到一个美丽的女孩，她总是喝很多杜松子酒。"

"我父母还不知道你。"我说。

他以为我在开玩笑，但我没有。他们不知道他的存在，我不仅没有告诉他杰克这个名字，我甚至没有告诉他们我遇见了这个人，他们对此事一无所知。我觉得应该告诉他们点什么，我有过很多次机会，但始终没能说出口。

杰克像是打算说些什么，不过最后改了主意。他伸手拧开收音机，把音量调得很低。我们之前搜索过几次，只能搜到一个乡村音乐电台，专放老歌。他跟着曲子一边点着头一边轻哼起来。

"我之前没听你哼过歌，"我说道，"很好听。"

我想我父母永远也不会知道杰克这个人，无论现在还是将来。我们正奔驰在空旷无人的高速公路上，向着他父母的农场驶去。在这个当口，这个念头让我难受。我觉得自己很自私，很以自我为中心。我应该把自己的想法告诉杰克，可我说不出口。但只要还有这样的思绪，我就无法回到过去。

我的心意基本已定，我很确定自己想结束这段关系。这也让见他父母的压力离我远去，我对他们的样子满怀好奇，但同时又心生愧疚。毫无疑问，他认为我造访他家农场代表了一种承诺，将增进我们的关系。

他就坐在这儿，坐在我旁边。他正在想什么？他还一无所知，我的决定会令他难受，我不想伤害他。

"你怎么知道这首歌的？我们之前听过？也许听过两次？"

"这是经典乡村乐，我是在农场长大的，不知不觉就知道了。"

他不确定我们是不是一起听这首歌听过两次。什么电台会在一个小时内将同一首歌播放两次呢？我平时不怎么听广播，或许它们真的放了两次，这种事也可能很常见，我不知道，感觉这些老派乡村歌曲对我来说都是差不多的调调。

为什么我一点儿都想不起上一次开车旅行的情形呢？我甚至说不出是在什么时候。我看着窗外，但并没有真正在看，只是坐在那里打发时间，窗外景物掠得太快。

这很糟糕。杰克曾对我提起这里的风景，这里是他的挚爱。他说出门在外总是很想念这些景色，尤其是田野和天空。窗外风景确实美丽、静谧，然而，坐在行进的车中我实在欣赏不了。

我尽可能地去领会。

我们驶过一座废弃的农庄，农舍地基残留。杰克说十年前一把火烧光了这里的一切。我看见农舍后方有幢破破烂烂的谷仓，前院还有一架秋千。不过秋千看起来很新，并没有因为日晒雨淋而变得锈迹斑斑。

"那个新秋千是怎么回事？"

"什么？"

"就在那座烧掉的农庄前。那儿没人住。"

"如果觉得冷就告诉我。你冷吗？"

"我挺好。"我说。

窗玻璃很凉，我的头正抵在上面。我能感觉到经由玻璃传导而来的引擎的每一次震动，行驶中的每一下颠簸，像是力道温柔的大脑按摩，很催眠。

我没有告诉他，我尽量让自己不去想那些电话。我一点儿都不愿去想那个打电话的人或是他的语音信息，至少今晚不想。我也不打算告诉杰克我一直避免从玻璃窗上看见自己的样子，今天我都不想看镜子。就像我遇见杰克的那天一样，我把这些事都埋在心里。

· · · · · · · · ·

那是学校酒吧的一个竞猜夜，我们相遇了。我不常去学校的酒吧，我不再是学生了，在那里会让我觉得自己很老。我也从来不在里面吃饭，酒桶龙头流出的啤酒有股尘土的味道。

那天晚上我没打算要遇到谁。我和朋友坐在一起，我们也不怎么关心竞猜。我们喝着酒，聊着天。

我想，朋友可能觉得我应该在那里邂逅一个男生，所以她让我们遇上了。虽然她没这样说，我确信她是这么想的。杰克和他的朋友就坐在我们隔壁桌。

我对竞猜向来没什么兴趣。它不是不好玩，只是不对我的胃口。我更愿意找个氛围不那么紧张的地方或是待在家里。家里的啤酒从来不会有尘土味。

杰克那支竞猜队的队名是"勃列日涅夫的眉毛"。"谁是勃列日涅夫？"我问他。周围很吵，为了盖过音乐声我们几乎只能喊着说话。我们就这样喊了几分钟话。

"他曾是苏联的一个工程师，在冶金厂工作过，时处苏联经济停滞期。这个人的眉毛又浓又粗，活像条毛毛虫。"

我们就说了这些，关于杰克的队名。队名显然是想搞笑的，但也暗示他了解苏联共产党。不知道为什么，这事儿让我突然兴奋起来。

起队名一般都是这种思路，或者就走赤裸裸的性暗示路线，比如有个队名叫"我裤子都脱了"。

我告诉杰克我不喜欢竞猜，尤其在这样的环境里。他说："竞猜活动确实难以叫人喜欢，将竞争怪异地混杂在一起，又毫不在乎过程。"

杰克的外貌并不出众，他的帅气更多地来自于他的不同寻常。他不是那晚我第一个注意到的男生，但他是最有趣的那个。仅有外貌的男人很难引起我的兴趣。他看起来和其他人有些格格不入，可能是被拉过来的，可能队伍需要他来答题。我迅速地被他吸引。

杰克高而瘦削，颧骨凸出，还有些憔悴。我第一眼看见他就喜欢上了他的骨感。他的唇色暗沉，看起来有些营养不良，不过唇瓣丰厚，肉感十足，尤其是下唇。他的头发又短又乱，层次错落，两边长短不一，就好像留着两种发型。他的头发虽然不脏不腻，但也不像是刚洗过的样子。

他胡子刮得很干净，戴一副银边细框眼镜，他总是无意识地调整右镜脚，有时会用食指推推从鼻梁上滑落的镜架。我注意到他有一个习惯动作：如果专注于某事，他会闻自己的手背，或只是把手背放在鼻子下面。现在他也常这么做。我记得，他穿的T恤衫应该是淡灰色的，或者跟牛仔裤一样是蓝色的，T恤衫看起来洗过很多次。他一直在眨眼睛，我得说他很害羞。他对我笑了一次，不过也就这么多了。如果我把主动权留给他，我们压根儿不会有机会认识。

我确定他一句话都不会说，所以我先开了口。

"你们干得很不错。"这是我找的第一个话题。

他举起啤酒杯说道:"我们很厉害。"

得手了。我打破了沉默,接着我们聊了不少。之后,他随口说了一句:"我是个纵横字谜爱好者。"我含混地回了一声,可能是"嗯"或"不错"。我听不太明白那个词。

杰克说他本来想起的队名是"Ipseity",我也不明白这个词的意思,我第一反应是不懂装懂。尽管他又拘谨又沉默,但我想说他简直帅呆了。他一点儿都不主动,他完全没想挑逗我,没想用那些低俗的手段拉近距离,他只是在享受聊天。我有种感觉,他极少约会。

"我不太懂这个词,"我说,"还有之前那个词。"我想,他应该会像其他男人那样乐于解惑。比起我知道这两个词,他应该更喜欢我的不懂。

"'Ipseity'是'自我'或'个人'的另一种更本源的说法。源于拉丁语中的'ipse',意思是'自己'。"

我明白这段话听起来太学究太卖弄,让人生厌,不过相信我,我没有这种感觉,完全没有。杰克始终彬彬有礼,诚恳而温和。

"我觉得这是个好队名,虽然周围有很多队伍,但我们是与众不同的。因为我们的队名只有一个词,而且它还衍生出'唯一'这个含义。抱歉,我不知道这是否有意义,一定很无聊吧。"

我们同时大笑起来，那个瞬间我以为整个酒吧里只剩下我们两个人。我喝了点儿啤酒。杰克很风趣，至少可以说，他有幽默感，但我还是不认为他能比我更风趣。我遇到的大多数男人都不能。

那天最后，他说道："大众并不风趣，不是真的风趣。风趣是很稀有的特质。"他好像知道我之前在想什么似的，说了这么一句。

"我不知道是不是这样。"我回答。我喜欢听人用这样的陈述句说"大众"这个词，在他拘谨的外表下隐藏着强大的自信。

当我得知他和他的队友准备离开时，我很想问他要电话号码，或是把我的给他。我不顾一切地想这么做，但却不能。我不希望让他产生不得不打电话给我的感觉，我希望他能发自内心地打，顺理成章，我确实是这么想的。不过这样的话，我只能寄希望于在附近遇上他的那种可能性。这里是大学城，不是大城市。我已成功打入了他的内心，照现在的发展，我不该只是坐等机会。

他一定是在道晚安的时候偷偷往我的包里塞了纸条，我到家后才发现。它上面这样写道：

如果能拿到你的电话号码，我们就可以继续聊天了，我会告诉你很多有趣的事。

他在纸条背面留了自己的电话号码。

上床睡觉前，我了解了下纵横字谜。我大笑起来，并对他产生了信任。

——我还是不理解。为什么会发生这种事？

——我们全都震惊了。

——这周围从没发生过这么恐怖的事。

——真的，从没发生过这种事。

——我在这儿工作了这么多年，从没见过这种事。

——我想也不可能有。

——我昨晚压根儿睡不着，一小会儿都不行。

——我也是。浑身不舒服，吃也吃不下。我把事情告诉我老婆的时候，你真该看看她的反应，我觉得她要病倒了。

——他怎么能做出这种事呢？你连想都不愿想，你根本做不到的。

——这事太可怕了，搞得人心惶惶。

——你认识他吗？你们走得近不……

——不不，我们没什么关系。我觉得谁和他关系都不近，他不合群，天生就这样。喜欢一个人待着，很漠然。

是有些人更了解他一点儿，不过……你看。

——太疯狂了，一点儿都不真实。

——糟透了，不过不幸的是这事真的发生了。

"路况怎么样？"

"还行，"他说，"有点儿滑。"

"很庆幸没下雪。"

"希望不会下。"

"外面看起来很冷。"

单独来看，我们俩都不引人注目，这很显然。但当我们走在一起时，杰克的高瘦搭配我的矮小，就很奇特了。我独自身处人群中时，只会感到压抑，时常被人忽略。如果不考虑身高的话，杰克也很容易融入人群，但当我们走在一起，我注意到人人都会看我们，不是看他，也不是看我，而是看"我们"。作为个体，我只是个背景路人，他也是。但作为一对，我们很醒目。

从酒吧认识起的六天内，我们一起吃了三顿饭，散了两次步，喝了咖啡，看了电影。我们不停地说话，然后发生了亲密关系。有两次杰克在看到我的身体后告诉我，我让他想起了年轻时的乌玛·瑟曼[1]。他还强调说，是"压缩版"的乌玛·瑟曼。他用"压缩版"来形容我，这就是他的用词风格。

他从不说我性感，这点还算过得去。他说我漂亮，有一两次用了"美丽"，这个是男孩一般喜欢用的词。还有一次，他用了"治愈"这个词，从来没人这样形容过我。那次我们刚滚完床单。

虽然想过这事会发生——我指滚床单——不过，我并没有预先计划。起初我们只是饭后在我的沙发上亲热而已。晚饭我做了汤，饭后甜点是一瓶杜松子酒。我们不断地来回传递，像舞会前的高中生一样，就着酒瓶大口大口地喝。这次我们都很急切，酒才过半，我们就将阵地移到了床上，他脱了我的上衣，我拉开他的裤子拉链，之后他让我随心所欲。

他不停说着："吻我，吻我。"中间停了三秒，他又继续不停说"吻我"。除此之外他一直很安静。灯关了，我几乎听不到他的呼吸声。

我也看不清他。

"我们用手吧，"他说，"只用手。"

我想我们是要做爱了。我不知道该说什么，就这么进行了

---

[1] 乌玛·瑟曼（Uma Thurman）（1970—　），美国好莱坞女演员。以拥有高雅气质、精致五官和高挑身材著称的性感女星。

下去，我从未享受过靠手完成的性爱。当我们做完，他倒在了我身上。有那么一会儿，我们一动不动地闭着眼睛，只是喘气。随后他翻过身去，叹了一声气。

我不知道之后过了多久，杰克最后起身进了卫生间。我仍然躺在那儿，看着他走过去，然后龙头的水声响起，我还听见了马桶的冲水声。他在卫生间里待了一会儿，而我只是盯着自己的脚趾，扭来扭去。

之后，我考虑是不是该把电话的事告诉他，但我还是做不到。我想忘记，告诉他只会让事态严重化，而我不希望那样。这是我最想说而没说出口的一次了。

我就这样躺在那里，突然一段记忆跳了出来。那时我还很小，差不多六七岁，某天夜里我突然惊醒，发现有个男人在我的窗前。我很久没有想起这件事了，我不常提起甚至很少想起这件事。这段记忆断断续续的，有些模糊，但我想起的部分，我都记得非常清楚，这不是我会在茶余饭后说的故事。我不知道别人会怎么看，我不知道自己该如何看待这件事，我不知道它为什么在那天晚上浮出了记忆。

. . . .

是什么让我们感知到某些事物存在威胁？是什么暗示我们某些事物并不清白？直觉总是胜过逻辑。夜晚我独自醒来时，这段记忆仍会折磨我。随着年岁渐长，它越来越令我痛苦。每当我想起它，它就变得更可怕、更罪恶了。又或许恰恰是我自己把它想得更加可怕了。真的说不清。

那天晚上我毫无理由地醒来，我并没有要去厕所。我的房间十分安静，没什么吵醒我，毫无预兆我就突然完全清醒了。这对我而言很不寻常，一般我需要几秒甚至几分钟才能彻底摆脱起床气。然而那天，好像有人把我打醒了一样。

醒来时我仰面躺着，这也很不寻常。我喜欢侧睡或是俯卧。被子裹得很紧，好像我是被塞进去的。我很热，浑身冒汗，连枕头都沾湿了。房门是关着的，夜灯也被关上了，屋子里漆黑一片。

吊扇开到了最大，转得飞快，这个场景我记得很清楚，像是要从天花板上飞下来似的。吊扇那富有节奏的马达声和扇叶划过空气的声音是我唯一能听见的响动。

那栋房子不新，无论夜晚什么时候醒，我总能听到各种声音，来自管道的、地板的或其他什么。但在那一刻，我听不到任何其他声音，太奇怪了。我躺着努力去听，既警觉又迷惑。

于是，我看见了他。我的房间在这栋楼的后面，是一楼唯一一间卧房。窗户就在床前，不宽也不高。那个男人就站在那儿，站在窗外。

我看不见他的脸，被窗框遮住了。我能看见他的半个身子，他微微晃着身子。他的两只手不停搓着，像是要暖和一下。我清楚地记得这个场景。他非常高，非常瘦，还系着皮带，我记得是根黑色皮带，多余的部分像条尾巴似的垂在他的身前。他比我见过的人都高。

我盯着他看了很久，一动没动。他也是，就站在那儿，就在窗外，手不停地搓着。看起来像是在干体力活的间隙喘口气。

但是，我看他越久我越感觉到，尽管他的头和眼睛超出了窗框上沿，他似乎还是能看见我。这不合理，完全不合理。我看不见他的眼睛，他怎么能看得见？我知道这不是做梦，但也不能说完全不是梦。他正在看我，这也是为什么他站在那里。

窗外有轻柔的音乐声传来，我记不清是什么了，我只听得见音乐声。刚醒来时我完全没注意到它，但看见这个男人后我就听到了。我不确定这是播放的音乐还是有人在轻哼。时间就这样过去了，我觉得过了很久，也许是一个小时。

然后男人挥了挥手，这完全出乎我的意料。事实上我并不确定他在挥手或者只是手动了一下，也许只是一个看起来像挥手的姿势。

但这个动作改变了一切。它充满了恶意，仿佛在说我再没有一个人独处的可能，他会在周围徘徊，他会回来。我突然害怕起来，这事、这感觉，即使到现在依然真实得仿佛身临其境，画面历历在目。

我闭上了眼睛，我想大喊，却发不出声音。我又睡着了，当我再次睁开双眼已是早晨。那个男人离开了。

那之后，我以为那晚的一幕会重现——那个男人出现在我窗边，看着我。然而没有，至少他没有再次出现在我的窗外。

但我依然会有错觉，以为那个男人始终在那里。

很多次我觉得自己看到了他。夜晚我走过窗口，会有个高个儿男人跷着二郎腿坐着——在屋外的长凳上，静静地盯着我的方向。我不知道一个坐在长凳上的人如何散发恶意，但他做到了。

其实他坐得很远，我既看不清脸，也看不清他是不是真的在看我，但每次看见他都会激起我的恨意。虽然他不常出现，但我恨他，除此之外我无计可施。他没做坏事，不过也可以说他什么都没做。他没有在看书，没有在说话，只是坐在那里。他为什么在那里？这恐怕是最糟的。我的大脑已经设想了一切，这类虚幻抽象的想法反而看起来最真实。

．．．．．．．．

杰克走开后，我一直仰面躺着，躺到他从卫生间回来。毯子已经混乱不堪，有个枕头掉在了地上。我们的衣物扔得到处都是，屋子看起来像个犯罪现场。

他一言不发地站在床脚边上，站了相当久。我之前只见过他躺着的身体，从没见过他赤身站着的样子。我装作不去看他，他的身体苍白消瘦，皮下血管一目了然。他从地上捡起内衣穿上，随后爬回了床上。

"今晚我想待在这里，"他说，"夜晚如此美好。我不想离开你。"

不知为什么，就在那个时候，就在他躺回我身边用脚摩擦我的脚的那个时候，我想让他嫉妒。我从没产生过这样的冲动，它突然就冒了出来。

我扫了他一眼，他正双眼紧闭地趴着，和我一样满头是汗，和我一样满面潮红。

"夜晚很美好。"我边说边用指尖轻轻搔他的背脊，他低声呻吟以示赞同。"我上一任男友……并不能……真正的身心结合是很稀有的。有些关系只会停留在肉体层面，除了身体极度放纵外，其他一无所有。你或许能在其中为彼此倾尽所有，但这样的关系无法持续。"

我依然不知道自己为什么会说这些，这并不全是事实，而且我为什么在这个时候提另一个男友？杰克没什么反应，一点儿都没有。他只是躺在那儿，翻身朝向我，随后说道："继续吧，很舒服。我喜欢你的碰触。你太温柔了，太治愈了。"

"你也让我很舒服。"我回答。

五分钟后，杰克的呼吸声变了，他睡着了。我觉得很热，就掀开了毯子。屋里很黑，不过我的眼睛已有所适应，还能看见自己的脚趾。我听见电话铃声在厨房响起，已经很晚了，没人会在这么晚打电话。我没有起来接电话，我睡不着，辗转反侧。铃声又响了三次，我们依然没人起来。

第二天早晨，我比平时醒得晚，杰克已经走了。我盖着毯子，头疼不已，口干舌燥。杜松子酒瓶躺在地上，空空的。我穿着背心和内裤，虽然我完全不记得是什么时候穿上的。

我应该把那个人的事告诉杰克，我现在才意识到，从一开始我就该告诉他。我应该把那件事告诉某个人，但我没有。我以为不是什么大不了的事，现在才发现我错了。

他第一次打电话给我，说是打错了，就这样挂断了。没什么问题，没什么好担心的，它就发生在我初遇杰克的那个酒吧之夜。打错电话不常发生，但也没到闻所未闻的地步。电话铃声把我从深度睡眠中惊醒，电话那头的声音是唯一不太寻常的部分——那个声音像是紧绷着，很压抑，一字一句地传过来。

从最开始，从我和杰克在一起的第一周起，甚至第一次约会，我就发现了他不少古怪的小特质。我不喜欢自己注意到这些，但就是不能控制。即使是现在，在车里。我注意到了他的气味，很淡。不过在这样狭小的密闭空间里，气味就是会有，闻起来并不难受。我不知道该怎么形容，那就是杰克的气味。

在如此短暂的时间里，我们互相了解了那么多的小细节，只有几周的时间，不是好几年。显然我不知道他的全部，同样我也有许多他不知道的事。比如那个打匿名电话的人。

打电话的是个男人，我能分辨得出，至少是中年，甚至更老些，但声音明显在模拟女性，好像故意在学女人发声，或至少拔高了好几度，很是尖声尖气。声音带着不自然的失真，我认不出这个声音，它不属于我认识的人。

有很长一阵子，我翻来覆去地听他的第一段语音，想看看是不是能找到什么熟悉的地方。但我没有找到，现在我仍然毫无头绪。

接第一个电话后，我告诉对方打错了，他用那挠痒痒般的女声说了句"对不起"。随后等了一两下心跳的时间，他才挂断了电话。我也就忘记这事了。

第二天，我看到有两个未接来电，都是半夜我熟睡时打来的。我看了下未接清单，和前一天打错的那个号码一模一样，这很诡异。他为什么又打来了？更诡异更无法解释的是，那个拨错的号码是我自己的号码，直到现在这都让我心情低落。

一开始我自己简直不能相信，我差点儿没认出自己的号码。我看了又看，以为是什么故障，这只能是故障。不过我重复检查了之后，确定正在看的确实是未接来电清单，不是什么别的界面。显然是未接来电清单，而它就在那上面，我的号码。

又隔了三四天，那个人发来了第一段语音。从那时开始，事情变得可怕起来。我还留着那段语音，所有语音我都存了。他一共发了七段，我不知道自己为什么保存，或许是因为我觉得自己会告诉杰克。

我把手伸进包里拿出了手机，开始拨打。

"你打给谁？"杰克问。

"只是检查一下语音信箱。"我听了保存的第一段语音，也就是那个人发来的第一段语音：

只有一个问题需要解决。我很害怕，我觉得自己有点儿不理智，我还没疯。那些假设是对的，我能感到自己的恐惧与日俱增，现在是时候要求回答了。只有一个问题，只有一个问题需要回答。

那些话并不咄咄逼人，也没有威胁之意，那个声音也是。至少我这么认为，尽管现在我不那么确定了。他明显很难过，那个打电话的人，听起来很难过，可能有些挫败感。我不知道他说的是什么意思，那些话没有意义，但也不是胡言乱语，而且总是重复相同的话，一字不差。

· · · · · · · · ·

所以，这是现阶段另一件让我觉得有意思的事。我一边和杰克见着面，一边收到另一个男人给我留的不同寻常的语音。

我不是个常有秘密的人。

有时候我会从熟睡中突然醒来，看到手机上有个未接来电，通常在凌晨三点左右。他总是半夜打来，来电也总是显示成我的号码。

有一次他打来的时候，我正和杰克一起在床上看电影。当我的号码跳出来时，我一言不发地假装喝酒，顺手把手机递给了杰克。杰克接完电话后告诉我是个打错电话的老太太。他看起来什么都没多想，于是我们继续看电影。那天晚上我睡得不太安稳。

自从有了这些电话，我就开始做噩梦，非常可怕的噩梦，曾经一个晚上我被吓醒了两次，甚至觉得有人在我的公寓里。我以前从来不会这样，这种感觉太可怕了。有那么一两秒，仿佛有人在我屋子里似的，就站在角落那里，非常近，就那样看着我。感觉非常真实，把我吓坏了。我一动都不能动。

当时我还有些睡眼惺忪，不过差不多一分钟后，我就彻底醒了，并冲进了卫生间。我的公寓一直很安静。我打开浴缸龙头，万籁俱静时水声听起来异常响亮。我的心脏怦怦直跳。我浑身湿透了，不得不换身睡衣。我不容易出汗，尤其像这样出汗，这感觉实在很不好，但要告诉杰克的话，时间又太晚了。我的神经绷得比平时更紧了。

．．．．．．．．

某个晚上，我入睡后，那个人打来了十二个电话。那晚他没有留语音信息。十二个未接电话显示的都是我的号码。

大多数人在经历了这种事之后会采取行动，但我没有。我又能做什么？我没法报警。他从来没有威胁过我，也没有说过什么暴力的话伤害我。他并不想聊什么，这是让我觉得很奇特的一点。我想应该这么形容，他只想表达，他从来不想交谈。不管什么时候只要我回应了些什么，他就会挂掉电话。他只喜欢留下难解的信息。

杰克没怎么在意。他正在开车，于是我继续听语音：

只有一个问题需要解决。我很害怕，我觉得自己有点儿不理智，我还没疯。那些假设是对的，我能感到自己的恐惧与日俱增。现在是时候要求回答了，只有一个问题，只有一个问题需要回答。

我已经听了许多遍，反反复复。

一切突然变得不同了。前面的语音与之前一样，一字不差，却在最后多了新的内容。我收到的最后一条语音起了变化。这简直太可怕了，让人毛骨悚然。那晚我一夜无眠，我感到恐惧，我觉得自己很愚蠢，居然没尽早解决这些电话。我没有告诉杰克这一点也很蠢。直到现在发生的一切都令我沮丧。

只有一个问题需要解决。我很害怕，我觉得自己有点儿不理

22

智，我还没疯。那些假设是对的，我能感到自己的恐惧与日俱增。现在是时候要求回答了，只有一个问题，只有一个问题需要回答。

然后是……

现在我打算说些会令你心情低落的话：我知道你的样子。我知道你的脚、你的手、你的皮肤是什么样的，我知道你的脑袋、你的头发、你的心脏是什么样的，你别再咬指甲了。

那时我决定，下次他再打电话来我一定要回话，我必须告诉他别再干这事了。即使他什么都不回答，我也要告诉他。可能那样就够了。

手机铃声响了。

"你为什么打我电话？你怎么拿到我的号码的？你别再干这种事。"我说。我既生气又害怕，这不能再用随意来解释了。不是他想起个电话就随意拨打的情况，这事简直没完没了。他不会主动罢手的，他想要从我这里得到些什么东西。他希望从我这儿得到什么？为什么是我？

"那是你的事。我帮不上你的忙！"我大喊道。

"但你打了我的电话。"他说。

"什么？"

挂断后我摔了手机。我的胸口不停地起伏跳动。

我确实从五年级就开始咬指甲了。但我知道，他知道这件事绝对是个巧合。

——你打电话来的那个晚上，我们正在聚餐。我做了个核桃派配海盐焦糖酱当餐后甜点。因为那个电话，我们每个人的晚上都被毁了。我现在还能清楚记得你说的每一个字。

——我听说这事的时候孩子们正好出门，我就马上给你打电话了。

——他是抑郁了还是生病了？有谁知道他是不是抑郁了？

——从表面看他没有在吃抗抑郁药，但他的保密能力一直很好。我能肯定他还有其他秘密。

——没错。

——如果我们能知道他的病有多严重就好了，如果有什么迹象。总该有点儿迹象，一般人不会一开始就那么做。

——他不是个理性的人。

——没错，这很关键。

——他和我们不同。

——是的，是的，和我们完全不同。

——一个人如果一无所有，也就没什么可以失去的了。

——是啊，没什么可失去的。

我在思考一个问题，我们了解别人并不是通过他们告诉我们的，而是通过我们观察到的。别人只会告诉我们他们想表达的。就像某一次杰克指出的那样，每当有人说"很高兴见到你"时，他们其实并不这么想，他们正在给你下结论。他们并没有真正产生"高兴"这个感觉，只不过他们这么说了，我们就这么听了。

杰克说过，我们的关系就像帷幕。帷幕，他确实用了这个词。

如果真的是这样，那么下午和晚上就会不同，时刻都能变化。躺在床上也是个好例子。如果时间还早，我们有时会共进早餐，在那期间我们很少交谈。我喜欢说话，即使时间不长，说话也能让我清醒，尤其对话很有趣的时候。开怀大笑比什么都让我清醒，只要是发自真心的，比咖啡因更有效。

杰克则喜欢一边看书一边吃麦片或烤面包，所以很安静。他总是在看书，最近在看科克托[1]的那本，迄今为止他应该已经看过不下五遍了。

不过他是手边有什么就看什么。刚开始我以为他之所以在吃早餐的时候很安静，是因为他无论看什么都很投入。我能理解他，尽管我自己并不会这样。我从来不是这样看书的，我喜

---

[1] 让·科克托（Jean Cocteau）（1889—1963），法国先锋派作家、艺术家。代表作有《好望角》《素歌》《寓意》《明暗》《安魂曲》等。

欢找个有空的时间专心致志地看书，这样才能全身心地投入。我不喜欢一边吃东西一边看书，不喜欢同时进行。

不过后来我发现是阅读本身吸引着他。杰克什么都看——报纸、杂志、麦片盒子、蹩脚的传单、外卖菜单，任何印有文字的东西。

"嗨，你觉得在情侣关系中隐瞒秘密有损公平吗？是不是很差劲？或者这意味着不忠？"我问他。

他有点儿摸不着头脑，看了我一眼，又把注意力放回路上。

"说不准，得看隐瞒的是什么。很重要吗？不止一个？会有多少？实质是什么？所有的关系中都有秘密，你不这么觉得吗？就算是终身伴侣，长达五十年的婚姻，也充满了秘密。"

当我们第五次一起吃早餐的时候，我终于放弃了搭话。我一个玩笑都没开，就坐着，吃杰克吃的那个牌子的麦片。我环视一圈房间，看着他，观察他。我心想，这很好，我们就是这样了解对方的。

他正在看杂志，嘴角沾了一小片白色麦片或是碎屑。早晨常常这样，他的嘴边沾着白色残渣，等他洗完澡就不见了。

那是牙膏吗？还是前夜的口水？还是从嘴里分泌的像眼屎一样的什么？他看东西的时候吃得很慢，就好像在保存能量，或是看文字让他的吞咽节奏变慢了。有时候，在他的上下颚运动和吞咽之间存在一个很长的间隔。

他会停上一会儿，再满满地挖一勺浸泡了牛奶的麦片，随后心不在焉地举起勺子。我总觉得牛奶会从他的下巴溢出来，毕竟每勺都这么满，但没有。他一口塞进嘴里，一点儿都没漏。他把勺子放回碗里，擦擦下巴，虽然下巴上什么都没有。这些都是在他无意识间完成的。

他的下巴绷得紧而用力。即使是现在，他只是坐着开车。

我要怎样才能不去胡思乱想，不去想和他一起吃二三十年早餐的情景？会不会每天早晨他嘴边都沾着白色残渣？或者更糟？是不是每个谈恋爱的人都会想象这样的事？我看着他把食物咽下去，凸出的喉结像是长在喉咙上的桃核。

通常吃得比较多的时候，吃完后他的身体会发出声响，仿佛汽车长途行驶后冷却的声音。我能听见液体在狭小体腔中转移的声音。早餐后很少这样，这种情况大多发生在晚餐后。

我很讨厌去想这种事的细节。它们不重要，也很无聊。但现在是时候了，在关系更密切前我应该去思考一下。不过这样令我烦恼，不是吗？我烦恼是因为我在思考这些？

杰克人很聪明，很快就能升正教授了，终身任期。这种事才够吸引人，能带来美好的生活。他很高，稍显笨拙的身体有着特殊的魅力。他的格格不入感也很吸引人。这些都是我年轻时对未来丈夫的要求，所有条件他都符合。可当我看着他吃麦片听见他的身体发出液压声时，我不知道所有这些条件还有什么意义。

"你觉得你父母之间有秘密吗？"我问。

"当然，我肯定，他们肯定有。"

最怪异的是，我不能把我的这些疑虑告诉他，杰克可能会说这有些冷血。虽然我的困扰都和他有关，但和他说这些会让我不舒服。除非我们结束这段关系，否则我一个字都不会说，我说不出口。我的疑虑与我们两个都有关，会影响我们两个，我只能独自承受。别人怎么形容情侣关系来着？一段需要不断磨合却始终矛盾的关系。

"为什么都是和秘密相关的问题？"

"没什么，"我说，"我只是在思考。"

· · · · · · · ·

或许我应该单纯地享受这趟旅行。别多想，跳出我自己的思绪，享受乐趣。一切顺其自然。

"一切顺其自然"，我不知道这话的真正意义是什么，只是听了一遍又一遍，聊到情侣关系时大家都爱用这句。我们难道不是正在顺其自然吗？我放任自己胡思乱想，这是自然发生的，我不想把这些疑虑扼杀在摇篮里。这样难道不是更自然吗？

我问自己为什么想要结束，以及会有什么大麻烦。在一段恋爱关系中你怎么能不这样自问？是什么驱使这段关系进行下去的？是什么令这段关系有价值的？很多时候，我觉得和杰克分手比维持这段关系更有意义。虽然我并不确定，我又怎么能确定呢？在此之前，我还从没主动和哪一任男朋友分过手。

大多数亲密关系都像盒装牛奶一样有保质期，到期自然就会变酸，虽不致生病，但也足以让人察觉到口味的变化。比起兀自揣度杰克，我或许更应该质疑自己体验激情的能力。可能这都是我的错。

"就算是像今天这么冷的日子，只要天气晴朗，"杰克说着，"我就不会在意。大不了你就裹得暖和些。寒冷能提神。"

"夏天比较好。"我说，"我讨厌寒冷。至少还有一个月才到春天，这个月太漫长了。"

"有一年夏天，我没用望远镜就看见金星了。"

这句话很杰克。

"差不多在太阳下山的时候。用肉眼就能从地球看到金星的机会百年之内都不会再有了。那一次，是因为罕见的行星连珠，金星和太阳一线，所以我能看到一个小黑点从地球和太阳之间穿过。简直太棒了。"

"如果我那时候认识你，你就会告诉我去看了。很遗憾我没注意这事。"

"就是这样，感觉没人在意，"他说，"这很奇怪。明明有机会看金星，可大多数人宁愿看电视。当然，你在做什么别人也不能求全责备。"

我知道金星是离太阳第二近的行星。除此之外，我就不了解什么了。"你喜欢金星？"我问。

"当然。"

"为什么？你为什么喜欢它？"

"金星上的一天相当于地球上的 115 天。它的大气由氮气和二氧化碳组成，它的地核是铁元素。金星地表同样布满了火山和凝固的熔岩，跟冰岛有些类似。我应该知它的公转速度的，不过看来我要补一下知识了。"

"听起来很棒。"我说。

"不过我最喜欢的一点是，金星是除了太阳和月亮外空中最亮的天体了。大多数人不了解这个。"

我喜欢杰克谈论这类话题。

我想听更多的内容："你一直对宇宙感兴趣？"

"说不清，"他说，"可能吧。在宇宙中，每个物体都有相对位置。宇宙是个实体，是的，不过是无限的。虽然你走得越远密度越小，但你可以一直走下去，从始至终都没有明确的边界。我们永远无法真正理解它。我们是办不到的。"

"你觉得办不到？"

"暗物质是所有物质的主要组成部分，但暗物质目前还是个谜。"

"暗物质？"

"暗物质不可见。它是用数学模型测算而出的我们所看不见的额外质量，构成星系并使星系运转。"

"我们并不是无所不知，我很高兴。"

"你很高兴？"

"因为我们不知道所有答案，我们无法解释所有事物，比如宇宙。或许我们不应该知道所有答案，有疑问很好，比有答案更好。如果你想更加了解生活，了解我们是如何工作的，我们是如何进步的，这些问题就很重要。是这些疑问增长了我们的才智，我认为是各种疑问让我们不孤单，让我们更紧密地联系在一起。知晓一切是做不到这些的。我个人推崇有所不知，有所不知的才是人类，这才是人类应有的状态，就像宇宙。宇宙无法解释，而且漆黑一片，"我表示，"但又不全部如此。"

他对此大笑起来，于是我觉得自己说了些很蠢的话。

"对不起，"他说，"我不是在嘲笑你，只是觉得很有趣。我从来没有听人说过这种话。"

"但我说得没错，不是吗？"

"没错。宇宙漆黑一片，但又不尽是黑暗。说得没错，而且这是个好想法。"

——我听说有些房间被弄得乱七八糟。

——嗯，地板上涂了很多颜料，红色的颜料，有些地方浸水损坏了。你知道他在门上加了根锁链吗？

　　——为什么他要这么做？

　　——可能因为一些个人心理扭曲的原因。我不太清楚。

　　——他不是那种破坏型的，对吧？

　　——不是，不过奇怪的是，从某天开始他会在墙上涂鸦。我们都知道是他干的，有人看到过他在写，他矢口否认了，但每次他都会主动清理干净。

　　——这太诡异了。

　　——这还不是最诡异的部分。

　　——什么？

　　——最奇怪的是，他每次写的都一样。就是墙上的涂鸦，只有一句话。

　　——什么话？

　　——"只有一个问题需要解决。"

　　——只有一个问题需要解决？

　　——嗯，他就写了这个。

　　——这个所谓的问题是什么？

　　——我不知道。

"我们还要开上一会儿吧？"

"对，还有挺长的路。"

"讲个故事怎么样？"

"故事？"

"嗯，可以打发时间。"我说，"我来讲个故事。一个真实的故事，一个你从来没听过的故事，合你胃口的故事。我觉得你会喜欢。"

我把音乐声调低了些。

"当然好。"他说。

"那是在我小时候，十多岁的时候。"

我看着他。开车的时候，虽然他太高，坐在方向盘前看起来不太舒适，但他的姿态很好。杰克的外形通过他的才华吸引了我，敏锐的头脑使他那高瘦的外表也充满了魅力。两者相辅相成，至少对我而言如此。

"准备好了，"他说，"到讲故事的时间了。"

我非常夸张地清了清喉咙。

"好的。我一直用几张报纸遮着脑袋。我是认真的，干吗？你笑什么？当时正倾盆大雨，我从公交车一个空位上抓了几张报纸。我得到的指示很简单：十点三十分抵达目的地，有人会在门前过道上等你。对方还告诉我不需要按门铃。你在听，对吗？"

他点点头，依然透过前挡玻璃看着路。

"我到了之后不得不等了一会儿，不是几秒，是好几分钟。

当房门终于打开时，一个我没见过的男人探出了头。他看了看天色，嘟囔了几句，大意是希望我没等多久。他掌心向上抬起手。这人看起来筋疲力尽，像是好几天没睡觉。两只眼睛下挂着重重的眼袋，脸和下巴上都是胡楂儿，头发像刚起床时一样糟。我偷瞄了一眼他身后，门开得很小，只有一条缝。

"他说：'我叫道格，等我一下，拿着钥匙。'说着他随手把钥匙串甩给了我，而我却感觉像是被揍了一拳，两只手都撞在了肚子上。门'砰'地被关上了。

"我一动也都没动，我被镇住了，这个人是谁？我对他一无所知。我们通过电话，仅此而已。我低头看了看手上的钥匙串，上面只有一个大大的字母'J'。"

我暂停瞥了一眼杰克。"你看起来很无聊，"我说，"我知道自己说了太多细节，但我还记得它们，我想尽可能地把故事讲得准确些。我记得这些细节是不是听起来很奇怪？一股脑儿地都说出来，你是不是觉得很无聊？"

"继续讲故事吧。许多记忆都是虚构的，经过了加工。所以你接着讲就行。"

"我不确定自己是不是赞同这观点，关于记忆。不过我明白你的意思。"我说道。

"继续吧。"他说，"我在听。"

"又过了八分钟，我至少看了两次表，道格才终于再次出现。他躺坐在副驾驶座上，长长呼出一口气来。他的裤子换成了破破烂烂的牛仔裤，在膝盖处有破洞，上身则穿了件格子衬衫。汽车座椅上沾满了橙色猫毛，斑斑驳驳的。到处都是猫毛。"

"斑斑驳驳的？"

"是的，到处都是斑斑驳驳的猫毛。他还反戴着一顶黑色棒球帽，帽子正面有白线绣的草体单词'Nucleus'。坐这个姿势我感觉很适合他，比站立或走路更适合。

"他什么都没说，于是我按照爸爸教的步骤开始操作。把座位向前调，调整了三次反光镜，放开手刹。我把双手放在方向盘的两点和十点方向，然后挺直身体。

"'我一直很讨厌下雨。'道格说，这是他上车后说的第一句话。他一个指示都没给，也没说我该练多久。我到现在都记得，我们一起坐在车里的时候他有多害羞，紧张得局促不安。他的膝盖不停地上下抖动。'你希望我从哪里开始？'我问道。'这讨厌的雨，'他说，'水像泄漏下来一样。我想我们最好等雨停。'之后，道格只做了个手势让我把车沿左边开了一段路，那里有个咖啡馆停车场。他问我是不是想喝点儿什么，咖啡或茶。我告诉他不用了。我们一言不发地坐了好一会儿，听着雨打在车上的声音。为了防止玻璃起雾，引擎没有关，我把雨刮器调成了慢速。'那个，你几岁了？'他问道。他觉得我应该十七八岁。我告诉他我十六岁。

"'也不小了。'这就是他的回答。他指甲的形状像迷你冲浪板，又长又窄又脏的迷你冲浪板。他的手像艺术家的手，像作家的手，就是不像驾驶教练的手。"

"如果你需要咽个口水或眨个眼或歇口气，暂停一下故事也没关系，"杰克说，"你很像梅丽尔·斯特里普[1]，非常忠于职守。"

"讲完了我自然会歇口气的，"我说，"他又说了句十六岁不小了，这个年龄很难判断是不是成熟。随后他打开手套箱，拿出一个小开本的书。'我想读些东西给你听。'他说，'如果你不介意的话。反正我们也得等着。'他问我有没有听说过荣格[2]。我说：'没有。'这话不完全是真的。"

"你的驾驶教练是个荣格派？"

"这个问题先等等。他翻了会儿书才找到要读的地方。他清了清喉咙，然后读了一段给我听：'我存在的意义就是生活向我提出了一个问题。或者，相反，我自己就是向世界提出的一个问题，我必须给出我的答案，不然我就要依赖于世人的答案。'"

---

[1] 梅丽尔·斯特里普（Meryl Streep）（1949— ），美国实力派女演员。三次获得奥斯卡金像奖，十六次入围奥斯卡奖最佳女主角奖。

[2] 卡尔·荣格（Carl Gustav Jung）（1875—1961），瑞士心理学家、精神病学家。首创人格分析心理学理论，其理论和思想对心理学研究的影响至为深远。

"这些你都记住了？"

"是的。"

"怎么做到的？"

"他把书给我了，我一直留着，还在哪个角落。那天他处在一个想要施予他人些什么的心情之中。他说经验不仅对学习驾驶有用，对一切事情都有用。'经验胜过年龄。'他说，'我们应该找到积累经验的方法，因为这样我们才能学习，才能获取认知。'"

"这课可真奇怪。"

"我问他为什么喜欢教人开车。他说这个职业不是他的首选，不过出于一些现实原因他不得不干这行。他说自己已经变得很喜欢坐在车里和别人说话了。他说他喜欢拼图，还喜欢开车带人到处跑，那人是谁不重要。他让我想起了《爱丽丝梦游仙境》里的柴郡猫，不过他是害羞版的柴郡猫。"

"很有趣。"杰克说。

"什么？"

"我曾经也迷过荣格一阵子。想要真正了解我们自己，就必须向自己提问。我一直很喜欢这个观点。哦，抱歉，你继续讲吧。"

"好。我们继续等待，他从口袋里拎出了两块形状奇特的糖果。'你留着这块，'他说着指了指其中一块，'留到下个雨天。'他剥开另一块糖的糖纸，用力掰成两半，并把大的那半递给了我。"

"你吃了吗？"杰克问，"不觉得一个男人给你糖果很奇怪吗？而且他用手碰过了，没恶心到你？"

"我正想说呢。不过，真是很奇怪。当然，我是被恶心到了，但我还是吃了。"

"继续讲。"

"糖的味道与众不同。我用舌头把它翻来翻去，想感觉一下它到底甜不甜。我说不清是好吃还是难吃。他告诉我糖是从一个学生那儿拿来的，那个学生之前去亚洲旅游，这是那边最流行的糖果之一。他说那个学生非常喜欢这糖，不过他自己倒没觉得有什么特别。他嚼着他的那半，咬得嘎吱响。

"突然，我尝到了它的滋味。一种意想不到的味道，一种酸味，感觉不坏，我有点儿喜欢上它了。他告诉我：'最有意思的地方你还不知道。'接着他说：'这些糖纸上都印着一些英语，不过都是直译的，所以意思表达得不怎么清楚。'他从口袋里拿出糖纸，打开给我看。

"我大声念着印在糖纸里面的英语单词。我记得它们是这样的：'你是全新的一个人。不要忘记这美味，这特别的滋味。回到刚打开它时的味道。'

"我反复念了几遍，念给自己听，念得一次比一次响亮。

他告诉我,他时不时地剥开一块糖,不为吃,只为读上面的文字,他思考着,想要理解它们。他说他不是个诗意的人,不过这些句子和他读过的诗一样棒。他说:'生活中总有些事物,虽不多,却真实,能在下雨天治愈人,能从孤独中拯救人。拼图即如此。我们每个人都有自己的问题要解决。'我永远都忘不了他说的。"

"值得记忆。换成是我也不会忘记。"

"因为这个,我们在停车场待了二十多分钟,真正的驾驶教学却还是没开始。他告诉我,那个给他带糖的学员很特别,她无法掌控汽车,开得非常差。他说,不管他怎么指导她,怎么一遍又一遍地重复要点,她就是学不会。他说第一次上课他就明白她过不了路考,作为司机她是最糟糕的那种。给她上课不仅毫无意义,还有点儿危险。

"他继续说,不管怎样,他还是很期待给她上课,他和那个女孩能聊很久,讨论各种话题。他会将自己读到的东西告诉她,而她也是。他们不断交流,他说她讲的某些事令他震惊。"

"比如什么?"杰克问。我得说,虽然杰克开车很专注,但他同时也在警觉地听着故事。他听得很入迷,比我之前想象的更投入。

这时我的手机响了。我从脚边的随身包里拿出了手机。

"谁啊?"杰克问。

我看到了自己的号码。

"啊，只是个朋友。不用接。"

"那好。继续讲故事吧。"

他为什么又打给我？他想要什么？"好的。"我说着把手机放回包里，继续讲故事。

"嗯，接着讲。有一天，很出人意料，这个学生告诉她的驾驶教练说她是'世界上接吻技术最好的人'。她很随意地说出了口，就好像认为他应该知道这事一样。她对此很确定，他说她非常自信。"

杰克调整了下他握着方向盘的手，坐得更直了。我听见手机在震动，有信息进来了。

"他对我说他知道谈论这个话题很奇怪。他应该感到抱歉，他从来没有对别人说过这些细节。那个学生发誓自己在这方面的才能非常有用，比钱，比头脑，比其他什么都有用。用她自己的话说，作为世界上接吻技术最好的人，她是宇宙的中心。

"他等着我的反馈，或至少说些什么，可我不知道该说什么。所以我想到了什么就脱口而出，我说接吻需要两个人，一个人无法使接吻技术成为最好的，需要两个人来完成。'真的，'我说，'只有另一方的技术最好，你才能最好，但这样你就不是'最'好的了。'我接着对他说：'这和玩吉他或做其他事不一样，那些事即使一个人你也能知道自己是擅长的。但接吻不是一个人

能完成的动作,必须得有两个最好的。'

"我的回答似乎让他陷入了困扰,一眼就能看出他的沮丧。他并不喜欢我的观点,什么一个人成不了接吻技术最好的人,必须靠另一个一同接吻的人。于是他说道:'信息量太大了,消化不了。'他表示这说明我们总是需要他人。但如果没有别人呢?如果我们都独自一人呢?

"我不知道该说什么。然后他突然凶了起来,好像我们吵架了似的。他说:'这么等雨停太傻了。'就让我发动汽车离开停车场,非常突然。接着,他只是动动脑袋来指挥我往哪儿开,之后他变得很安静。"

"有意思。"杰克说。

"我快讲完了。"

"继续。"

"在这节课余下的时间里,道格焦躁地坐着,看起来对开车的事毫不关心。他只简单地说了几个基本驾驶技巧,大多数时间他都看着窗外。这就是我的第一节也是最后一节驾驶课。

"雨还在下,他就说把我放在家门口,免得我还要等公交车,然后几乎没有再说什么了。开到我家后,我把车停在了前门,并告诉他我还是更想和我爸爸一起练车,他说这个想法不错。我就离开了他,一路跑进家门。

"差不多一分钟后——时间不算久——我又走到屋外。他还在那儿，在车里坐着。他挪到了驾驶位上，双手握着方向盘。不过座位还在我调整的位置，反光镜也是，他坐得相当挤。我打手势让他降下车窗。他先将椅背往后调，然后才摇下了玻璃。那时候手摇的车窗还很常见，不都是智能控制的。

"车窗还没摇到底，我就把头伸了进去，把手轻轻放在他的左肩上，我的头发湿透了。我就是想做这件事，我让他闭上眼，我的脸离他很近。他照做了，他闭上了双眼，身子向我倾了倾。于是……"

"什么？简直不可理喻，你居然真的做了。"杰克说，"你脑子到底在想什么？"

这是杰克在我面前最生气的一次。他震惊了，甚至有些气愤。

"我不知道，只是觉得应该这么做。"

"这太不像你了。你后来还见过他吗？"

"没见过，就那一次。"

"哼，"杰克说，"会有第二个人想证明自己的接吻技术吗？真有意思。这种事会留在你心中，你会时不时地想起，想得神思恍惚。"

杰克超越了我们前面一辆开得很慢的小卡车。那是辆黑色的车，很旧。我们跟了这辆车挺久的，几乎是整个故事的时间。超车时我想看看司机长什么样，但没看清。我们一路行驶过来，真的没遇上几辆车。

"你说记忆是虚构的，这是什么意思？"我问道。

"每次记忆被唤醒时都有所不同，每次都不完整。建立在真实事件上的故事，虚构部分往往大于事实部分。虚构部分和真实记忆会同时被唤醒，同时复述，它们共同组成故事。而我们往往通过故事了解情况，通过故事了解他人。但事实只会发生一次。"

这就是杰克最吸引我的地方。就像现在，当他说"事实只会发生一次"的时候。

"这种事越想越奇怪。我们去看电影，知道电影不是真的。我们知道是人在表演，是背诵的台词，但电影仍然能对我们产生影响。"

"所以你的意思是，无论我说的故事是编的还是真正发生的，你都不介意？"

"所有的故事都是编的，即使曾经真的发生过。"

又一个典型的杰克式回答。

"让我好好想一下。"

"你知道那首歌吗，'永不遗忘'？"

"当然。"我说。

"有多少事真的能永远不忘？"

"不知道，我不确定。不过我喜欢那首歌。"

"没有，没有什么能永远都不被遗忘。"

"你说什么？"

"就是这样。每件事都将被部分遗忘，无论这事多么好多么有意义。就是确实地，将被遗忘。"

"这是问题所在？"

"不是。"杰克说道。

这时我真的不知道该说什么了，我不知道该有怎样的反应。

他沉默了一会儿，用手指摆弄头发。他用食指卷起脑后一缕头发的姿态我很喜欢。过了一会儿，他看向我。

"如果我告诉你，我是地球上最聪明的人，你会怎么想？"

"你说什么？"

"我很认真，而且这和你的故事也有关系。回答我的问题。"

我算了下我们至少开了五十分钟的车程，可能更久。窗外更暗了，车里没有开灯，只有仪表板和车载收音机有点儿光亮。

"我应该说什么？"

"呃，你会大笑吗？你会不会说我是个骗子？你会抓狂吗？或者你只是质疑这个大胆声明的合理性？"

"我觉得我会说'你说什么'。"

杰克笑了起来。不是大笑，只是个微微的、真诚的、有所收敛的杰克式的笑。

"严肃点儿，我说过了，你听得很清楚。你会有什么反应？"

"好吧，你说你是地球上最聪明的男人？"

"不准确，是最聪明的人类。而且我并没有说我是，我只是说如果我是，我想知道你的反应。快点儿回答。"

"杰克，拜托。"

"我是认真的。"

"我想我会说你在放屁。"

"真的？"

"对啊。地球上最聪明的人类？从各方面而言都很可笑。"

"怎么讲？"

我抬起了用手撑着的头，四处看了看，就像有什么听众在旁边，其实只有模糊的树影从车窗外掠过。

"好吧，我来问个问题。你觉得自己在活着的人里是最聪明的吗？"

"这不是回答，这是提问。"

"我可以用提问的方式作为回答。"

当我说出这句话的时候，我明白自己显然在以《危险边缘》[1]的问答模式开玩笑，但杰克不明白，他当然不会明白。

"我为什么不可能是地球上最聪明的人类？别用'天呐，你疯了'这种话来回答。"

---

[1] 《危险边缘》是哥伦比亚广播公司益智问答游戏节目，以答案形式提问、提问形式作答。

"我都不知道该从哪个点切入来回答你。"

"这就是问题所在。你只是觉得我的声明离现实太遥远。你无法接受一个自己认识的人，一个看起来很平常的家伙，一个坐在你旁边的人，是世界上最聪明的人。但为什么不可能？"

"因为，你对聪明的定义是什么？你在书本方面的聪明程度比我高吗？或许。但在修篱笆方面呢？或在察言观色方面，你更知道什么时候适合提问，什么时候能感受同理心，怎样与他人一起生活，以及与他人维持关系。聪明中有很大一部分是共情能力。"

"当然，这都没错，"他说，"这些都是我的问题的一部分。"

"好，但我还是不知道，我的意思是，怎么可能有人'最'聪明？"

"总会有的。无论规则是什么，或者怎么认定智力，总有人能比其他人更符合要求。这个世界上总有人最聪明，而且这绝对是个负担，真的。"

"一个最聪明的人？那又怎么样？"

他向我靠了靠："世界上最有意思的东西，就是自信心和自我认知的组合方式，它们以一定比例混合在一起。任意一方太多，整个组合就失败了。而且，你知道，你是对的。"

"对的？什么是对的？"

"关于接吻技术，"他说，"幸亏你没法一个人成为接吻技术最好的人。这和成为最聪明的人不一样。"他重新坐直了身体，两只手在方向盘上调整了下位置。我看着身边的窗外。

"还有，什么时候需要找人修篱笆尽管找我。"他说道。

他从来不让我把故事说完，我从来没有在课后吻过道格。杰克只是以为，他以为我吻了道格。但一个吻需要两个想要接吻的人共同完成，不然就是另外一回事了。

真相是这样的。当时我走回车边，靠着车窗摊开了手，手心里有张皱巴巴的糖纸，就是道格给我的那块糖的糖纸。我抚平糖纸念道：

我的心，我的心随着歌声起伏，想要在阳光明媚的日子里触摸这个绿色的世界。你好！

这张糖纸现在依然被我保存在某个地方，我不知道为什么要保存它。当我念完那些文字后就转身跑回了家，之后我再也没见过他。

——他有钥匙。虽然按排班来说，他不该在这儿，但他有钥匙。他想干什么就能干什么。

——休息的时候不是应该重新上层涂料吗？

——是的，但刚放假就发生了这事。油漆也需要时间晾干，气味特别重。

——有毒？

——再说一遍，我不确定。可能吧，如果你吸进去的都是这玩意儿的话。

——我们去看尸检结果吗？

——我可以去看。

——那个是不是……很恶心？

——你可以想象一下。

——可以想象。

——我们现在不应该陷入这些细节。

——我听说他们找到了一个呼吸装置，是个氧气面罩，就在尸体旁边？

——没错，不过是个旧的。不知道还能不能发挥作用。

——那里究竟发生了什么，我们还有很多不知道的。

——而唯一能告诉我们的人已经离去了。

杰克开始谈论变老。我自己还没有感觉到衰老的到来。这个话题我们之前从未讨论过。"这是个被误解的人文学上的问题。"

"所以你觉得变老是好事？"

"没错，是好事。首先，它无法避免。其次，由于我们过分迷恋青春，变老才让人觉得负面。"

"嗯，我懂了，它们都是积极的。但是，你怎么看待自己年轻帅气的外表，你可以和这些告别，已经准备好变胖变秃了吗？"

"随着年龄增长，无论我们在肉体上失去了什么，我们都能获得等值的东西。这是公平交易。"

"好，好，我赞同，"我说，"我真的很想老一些。我会很高兴的，真的。"

"我一直希望头发能变得灰白些。我想有点儿皱纹，最好长点儿法令纹。我认为，最重要的是，我想成为我自己。"他说，"我是这样希望的，成为我自己。"

"怎么做？"

"我想要认识自己，了解他人是怎样看待我的，我想要和自己相处融洽。怎么才能办到不那么重要，对吧？这意味着有些事情要贯穿到明年，这是重要的。"

"我觉得很多人急匆匆地进入婚姻，并且维持着糟糕的关系就是这个原因，和年龄无关，只是因为独自一人让他们觉得很不舒服。"

我没法再跟杰克说下去，所以我打住了。但一个人可能真的会更好，为什么要抛弃我们自己能够掌控的日常生活？为什么为了一个人就放弃多样性的可能？结为夫妻确实有很多好的方面，我也明白，但是否是更好呢？单身的时候，我的关注点往往是和他人在一起是否能够让我的生活更好，让我更快乐。

但真的是这样吗？

"我想调低点儿，你不介意吧？"还没等他回答，我就调低了电台的音量。在这次旅途中，我无数次调低音量，杰克又很快把声音调高。我想他大概有点儿耳背吧，至少有时候是这样的，比如那些心不在焉的时候，其他时候就没这么严重了。

· · · · · · · ·

有一天晚上我很头疼，那时我们正在打电话聊他来玩的事。我让他带两片布洛芬过来，我不确定他是不是能记住，就重复了一遍，这是最近我头疼得最厉害的一次。我估计他不会记得，杰克经常忘事，他有点儿那种丢三落四的老派教授的作风。

他到的时候，我完全没提药的事。即使他忘了我也不希望他感觉不舒服。他也什么都没提，至少一开始没提。只是当我们聊着聊着，我记不清聊什么了，他突然出其不意地说了句："你的药。"

他把手伸进口袋，他必须伸直一条腿才能把手伸到口袋底。我就这么看着他。

"给。"他说。

他从他的棉布口袋里掏出的不只是两片药片，他给了我一团用胶带封着的纸巾，药片都好好地包在里面，纸团看起来像大块的白巧克力。我拆了胶带，里面有我的药片，三片，多了一片以备我再有需求。

"谢谢。"我说道，随后去卫生间接水。我没有对杰克多说什么，但这样的包装对我很重要，能起到保护药片的作用。他自己用的话是不会这样包的。

吃药后我缓和了不少，可以思考了。那天晚上我本打算和他分手，或许我有可能这么做，虽然我没有好好计划，但还是有可能的。可是他用舒洁纸巾为我包了药片。

这种细微而关键的行为是否足够了？细微之举常令我们感觉良好，无论是对我们自己还是对他人来说。正是这些无处不在的小事维系着我们的关系，虽小却举足轻重。

这与宗教和上帝并没有什么不同。我们信赖某种观念来帮助我们理解生活。不仅理解，从某种意义上而言，还能给予慰藉。所谓"和另一个人共度此生会让我们变得更好"之类，并非世上固有的真理。它是一种信仰，我们希望它真实存在。

大多数人并没有意识到，压缩个人空间、丧失独立性是一种巨大的牺牲。共享住所、共享生活显然比独享人生困难多了。事实上，耦合的生活几乎不可能，不是吗？找到一个能一起度过整个人生的人？一起变老或一起改变？每天见面，实时响应对方的心情和需要？

有意思的是，反而是杰克率先挑起了有关智力的话题，他那个关于世界上最聪明的人的问题。就好像杰克知道我在想什么似的，我一直在思考这些。高智商一定是好事吗？我对此感到怀疑。如果智力被浪费了怎么办？如果随高智商而来的是更多的孤独而非满足呢？比起智商带来的创造力和条理性，如果更多的是痛苦、孤立以及悔恨呢？杰克的智商曾占据了我的心绪，不只是现在。这个问题我思考过一段时间了。

杰克最初吸引我的恰恰是他的聪明才智，但这真的对我们的关系有利吗？和那些不如他聪明的人一起生活会更容易吗？还是更困难？我指的是长期生活，而非几个月或几年。逻辑和智力与宽容和共情没有关系，不是吗？至少杰克如此。他的思维是一板一眼的线性方式，充满了理性。这样的性格有可能让几十年的共同生活充满魅力吗？

· · · · · · · · ·

我转向他："我知道你不喜欢谈现实中的工作，不过我还没有去过你的实验室，它是什么样子的？"

"你想知道什么？"

"我很难想象你工作的地方是什么样子。"

"想象一个普通的实验室。差不多就是那样。"

"闻起来充满化学试剂的气味？里面会有很多人吗？"

"说不清。我想差不多吧，嗯，差不多就是那样子。"

"那你不会分心？集中注意力方面没有问题？"

"一般没问题。干扰因素随时都会有，比如有人打电话，有人笑出声什么的，有一次我不得不对同事说'嘘'。实在不怎么有趣。"

"我知道你集中注意力的时候是什么样的。"

"那个时候，我甚至连钟表声都听不见。"

我觉得车里满是尘土，也可能是空调排风的问题。眼睛很干，我把排风叶片的方向整个调向了地面。

"给我描述一下吧。"

"实验室？"

"对。"

"现在？"

"你可以一边开车一边说。如果我去参观你的实验室，你会给我看什么？"

他沉默了一会儿，只是透过前车玻璃直直地看着前方。

"首先，我会带你参观蛋白质晶体室。"他开口道，没有看我。

"不错，"我说，"挺好的。"我知道他的工作内容涉及冰晶体和蛋白质晶体，正好说的这个。我也知道他在做博士后工作以及写论文。

"我会带你看两个负责结晶工作的机器人。有了它们，我们才得以从大面积的结晶中以微升为单位筛选各种我不知道该如何表达的重组蛋白质。"

"明白了，"我说，"我很喜欢听这些。"

这是真的。

"你可能会对显微镜室有兴趣，里面有我们的三色 TIRF (Total Internal Reflection Fluorescence) 装置，就是全内反射荧光装置。还有旋转磁盘显微镜，它使我们能准确跟踪荧光标记的单个分子，无论在体外还是体内，都能达到纳米精度。"

"接着说。"

"我会带你看我们的温控孵化器，孵化器里有大量酵母和大肠杆菌培养液，至少超过二十升。这些菌类都进行了基因层面的处理，用以匹配我们选择的蛋白质。"

他说话的时候，我开始研究他的脸、脖子和手，我简直无法转移视线。

"我会带你看我们的两个系统——AKTA FPLC，一种快速蛋白液色谱法——可以让我们快速进行亲合力、离子交换和凝胶渗透色谱的任意组合，精准地纯化任何蛋白质。"

他还在开着车，但我想吻他。

"我会带你去看组织培养室，我们在里面培育各种哺乳动物细胞，用来转染某些特定基因或获取细胞裂解物……"

他停顿了一下。

"继续，"我说，"然后呢？"

"然后我觉得你会无聊，准备走人。"

我现在就可以告诉他，车里就我们两个人，这是"走人"的最佳时机。我可以告诉他从我的角度出发怎么看待这段关系，对我来说每件事的意义是什么。或者我可以问他这些是不是无所谓，因为一段关系不能被割裂为两种理解，又或者我应该坦诚相告："我在考虑结束我们的关系。"但我没说，我什么都没说。

　　或许见过他的父母之后，到过他的家乡之后，了解了他长大的地方之后，我才能更好地决定。

　　"谢谢，"我说，"这次旅行。"

　　我注视着他开车，就现在。看着他那头凌乱的小卷发，看着他那该死的精确的坐姿，我想到了那三片药，这改变了整件事的发展。他能这样包药片真的让人感觉很好。

· · · · · · · ·

　　我们刚认识两周的时候，杰克曾经出差了两天。我们认识后几乎每天都见面或聊天，他会打电话给我，我会发短信给他。不过我知道他讨厌短信，他一般只回一条，最多两条。如果我们的话题需要深入讨论，他就会打电话过来。他喜欢说和听，他推崇认真的讨论。

　　他离开的那两天，我又变回了一个人的状态，感到非常不自在。我本来很习惯一个人，但现在，却有种空落落的感觉。我想他，和别人在一起的时候也想他。我知道这种说法很老套，但我真的感到身体的一部分随他而去了。

　　了解他人就像在进行永无止境的拼图游戏。我们先把最小的碎片拼在一起，在这个过程中，我们也更好地认识了自己。我了解了很多杰克的细节，比如他喜欢吃煮烂的肉，比如他尽量不去公共卫生间，再比如他非常讨厌别人在餐后用指甲剔牙。这些都是琐事，与那些随时间推移而一步步揭示的巨大真相相比，相当微不足道。

　　独自度过这么长时间后，我开始觉得自己很了解杰克了，真的很了解。如果你像我和杰克这样在短短两周内持续见面，就会慢慢感到……密不可分。是的，密不可分。最初的几周，我几乎一刻不停地想着杰克，即使在我们分开的时候。无论何时何地，坐在地上，躺在沙发上或是床上，我们总有聊不完的话题。我们可以聊上好几小时，不管是谁找到话题，另一方总能迅速接上。我们互相提问，互相探讨，甚至争论，我们并不总是意见一致，一个问题总能引出另一个问题。曾有一次，我们彻夜未眠地讨论了一整个晚上。杰克不同于我认识的其他人，我们的关系非常独特。现在亦如此，我依然这样认为。

· · · · · · · · ·

　　"尝试找到关键的均衡配比，"杰克说，"我们最近一直在思考这事。所有事物都需要均衡配比，某天晚上在床上我还一直想着这个，一切都是如此……微妙。例如代谢性碱中毒症状，只是组织的 pH 值略微上升了而已，将氢离子浓度小幅降低就能产生这种症状。只是……这一切如此微妙。这仅是一个例子，但很能说明问题。这样的情况相当多，世间万物都脆弱得难以置信。"

"嗯，很多事物都是这样。"我说道。就比如我正在考虑的事。

"有时候，一股电流贯穿我的全身，这是我体内的能量，你也有，我们应该意识到它。但这有意义吗？抱歉，我跑题了。"

我脱了鞋把两只脚搁在了仪表板上，身子靠着椅背。我觉得自己快要睡着了。这会儿，车轮行驶在公路上的节奏让我昏昏欲睡。

"你说的电流是什么意思？"我闭上眼，问道。

"只是一种感觉，你和我，"他说，"一种奇特的快速贯穿身体的感觉。"

"你抑郁过吗，或是类似的状态？"我问道。

我们刚刚好像来了个急转弯，之前我们在直路上开了好一会儿。转弯的地方有个禁止通行标记，向左转的，不是信号灯，这儿没有信号灯。

"抱歉，有点儿突然。我正在想事情。"

"在想什么？"

多年以来，我的生活一直很平淡，我不知道还能用其他什么词汇来形容。之前我从来不愿承认这点，我觉得自己并不抑郁，这个词不适合我。我只是活得平淡而已，毫无亮点。生活中总是充满了偶然，会有很多不必要的事发生，我也过得很随意，始终活得没有什么需要特别记忆的，像是缺少了什么。

"有时候，我会莫名地伤心。"我说，"你也会这样吗？"

"没有特别的感觉，我想没有吧。"他说，"我小时候倒是经常焦虑。"

"焦虑？"

"是啊，比如我会因为一些小事焦虑。一些人，陌生人，也会使我焦虑。我的睡眠质量很差，还会胃疼。"

"那时候你几岁？"

"很小，八九岁吧。如果情况恶化，妈妈就会做她所说的'儿童茶'给我喝，几乎是牛奶加糖。随后我们会坐下来谈话。"

"谈些什么？"

"一般会谈我焦虑的原因。"

"你还记得什么特别的原因吗？"

"我从来不觉得自己正在慢慢死去有什么可怕，但家人正在慢慢死去真的让我很害怕，大多数时候我都为一些难以理解的事情害怕。有段时间，我总是害怕自己的某一只手或脚会掉下来。"

"真的吗？"

"嗯,我们的农场养了羊,有小羊羔。小羊羔出生一两天后,爸爸就把特制的橡胶带绑在它的尾巴上,绑得非常紧,足以抑制血液流动。于是几天后,小尾巴就会自己掉下来。小羊羔不会感到痛,它们根本不知道发生了什么。

"当我还是孩子的时候,有时候去田野里玩,会捡到掉下来的羊羔尾巴。我开始设想,类似的事情如果发生在我身上会怎样。如果衬衣的袖子或是袜子比较紧会怎样?万一我穿着袜子睡着了,半夜醒来发现自己的脚掉下来了,会怎样?什么是重要的这一点也令我焦虑。比如,为什么对小羊羔来说尾巴不是身体重要的一部分?一个人丢失什么才算是失去重要的部分?你能明白吗?"

"我能明白,那确实会让人紧张。"

"抱歉,就你的问题而言,我的回答太长了。单纯针对性回答的话,我会说,我没有抑郁过。"

"但会感到消沉吗?"

"会的。"

"为什么呢,有什么区别?"

"抑郁症是一种严重的疾病,在身体层面会感到痛苦和虚弱。一个人无法靠决心克服抑郁症,就好像一个人无法靠决心克服癌症一样。消沉则是一种普通的人类情绪,和快乐没什么区别。你不会认为快乐是一种病,消沉和快乐互相需要,为了存在而互相依赖。这就是我想表达的。"

"我感觉现在很多人都不快乐，即使他们还没到抑郁的程度。你觉得呢？"

"我可能不这么觉得。如今似乎有更多的机会表达悲伤或自卑，于是必须保持快乐的压力也随之而来，而我们做不到。"

"我就是这个意思。我们似乎生活在一个消沉的时代，但我觉得说不通。到底为什么呢？难道现在不开心的人比以往任何时代都多吗？"

"这样的例子大学里就有很多。毫不夸张地说，有些学生和教授每天最大的关注点就是，怎样靠节食和拼命锻炼来烧掉卡路里塑造形体。想想整个人类史，居然还说什么消沉。

"这与现代化以及我们的价值观有关。我们的观念发生了变化。我们是否普遍缺少同情心？是否缺乏对他人的兴趣？不再热衷于与他人接触？这些都息息相关。如果无法感到自己正与比我们的生命更伟大的事物相连，我们又怎么可能感受到更重大的意义和决心？我思考得越深入，便越觉得我们的快乐和满足似乎都依赖于他人的存在，即使'他人'只有一个人。消沉寻求着快乐，反之亦然。孤独……"

"我明白你的意思。"我说。

"大学一年级哲学课上，老师经常会用到一个例子，关于不同情境和状态下的不同反应。讲个故事：托德在房间里种了一株红叶子的小型植物，他不喜欢这株植物的外观，希望它能和房子里的其他植物长得一样。于是他小心翼翼地把每片叶子都涂成了绿色。涂料晾干后，你很难分辨那株植物是不是上过色，它看上去就是绿的。你能明白吧？"

"明白。"

"第二天他接到一位朋友的电话，她是个植物学家，想向托德借一株绿色植物做测试，他拒绝了。过了一天，另一位朋友，这次是个艺术家，打电话问他是不是能借一株绿色植物作为绘画的参照物，他同意了。面对两个同样的问题，他却做出了相反的回答，并且他始终是坦诚的。"

"我知道你想说什么。"

我们又转了个弯，这次是在一个有四向停车标志的路口。

"对我来说，在包含了生命、存在、人、关系、工作这样的情境下，抑郁是合理的，很真实，两个回答都对。我们越是告诉自己必须保持快乐，快乐就越是走向尽头，变得越来越糟。顺便插一句，这并不是我独有的想法。你应该知道，我现在没想表现得很高明，对吧？我们只是在讨论。"

"我们在交流，"我回答，"我们在思考。"

我的手机铃声打破了沉默，铃声又一次从包里传来。

"抱歉，"我边说边弯腰从包里拿出手机，上面显示了我的号码，"还是我朋友。"

"你接一下比较好。"

"我真的不想和她说话，她迟早会停止拨打的，肯定没什么事。"

我把手机放回包里，然后它又震了，我只能再拿出来，两条新语音消息。这时我倒是很高兴广播声比较响，我不想让杰克听到消息。不过这次一开始，对方没有说话，只是传来声音，噪声、流水声，下一秒，流水声更大了，我能听到他在走路，有脚步声，还有听起来像是门铰的声响，有扇门关上了。是他，应该是他。

"有什么重要的事吗？"杰克问。

"没有。"我希望自己听起来比较随意，但我能感到脸颊发热。

等我们回来后，我打算处理一下这事，告诉某个人，不管是谁，告诉他那个人打电话的事。不过，如果现在对杰克说这事，我就不得不同时告诉他我一直在说谎。不能再继续下去了，不能再这样了，完全不能。流水声还在继续，我不知道他为什么让我听这些。

"真的？不重要？接连两个电话，不发短信文字。看起来很重要，不是吗？"

"人有时候很情绪化，"我说，"我明天会找她的。我的手机快没电了。"

······

　　杰克的上一任女友应该是另一个部门的研究生。我碰见过她。她长相漂亮，身材健美，一头金发，还爱跑步。很显然杰克和她约会过，他说他们只是朋友，算不上亲密。他们现在不会一起出去了，但他说在我们相遇之前，他们每周都会一起喝咖啡。我似乎应该表示嫉妒的，不过我并没有，我只是有些好奇，我不是一个爱八卦的人。

　　我想和她聊一下，虽然听起来很奇怪。我想坐下来，泡一壶茶，和她聊聊杰克。我想知道他们一开始约会的缘由，他身上的什么吸引了她？我想知道他们为什么不再交往，是她结束关系的，还是杰克？如果是她，她思考了多久才决定的呢？找新男友的前任聊天，这个念头难道不够合理？

　　关于她，我问过杰克几次。他扭扭捏捏的，没说几句。他只说他们一起的时间不长，也不算很正式。这让我对她更好奇了，我想，听听关于她的故事。

　　我们在一辆行驶向无名之地的车内独处。此刻，看起来是最好的时机。

　　"所以，你们的关系是怎么结束的？"我说，"我是说，和你上一任女友。"

　　"我们根本没有真正开始，"他说，"只是一段不值一提的短暂关系。"

"但你以前没这么想。"

"以前没想是因为我们的关系直到结束都算不上认真。"

"为什么没有继续？"

"我们不是情侣。"

"你怎么知道？"

"这肯定知道啊。"他说。

"但你怎么才能知道一段关系真正意义上算开始了？"

"你是指普遍意义上的关系，还是某段特定的关系？"

"你那段。"

"我们不依赖彼此。依赖才等同于认真。"

"我不太同意。"我说，"什么才是真的？你怎么知道一件事是不是真的？"

"什么是真的？"他说，"当一件事有风险，有利害关系，它就是真的。"

好一阵沉默，我们都没有说话。

"你还记得我和你说的住在街对面的那个女人吗？"我问。

我想我们肯定离农场越来越近了。虽然杰克没有确认，但我们开了很久，肯定快两个小时了。

"谁？"

"街对面那个年纪比较大的女人。还记得吗？"

"我想我记得，嗯。"他含糊地说。

"她以前说过为什么和丈夫分开睡的事。"

"嗯……"

"我不是说他们不做爱了。我是指晚上，他们不在一张床上睡觉了。他们都觉得高质量睡眠远比睡在一张床上重要，他们需要各自的睡眠空间。他们不愿意听见别人打呼噜或是翻身，她说她丈夫呼噜声非常大。"

我觉得说这事让人心情很低落。

"如果一方太干扰睡眠，另一方决定独自睡也是个合理的选择。"

"你这么认为？人生有将近一半的时间在睡觉。"

"关于为什么非要找到最佳睡眠环境，这个话题可能会让我们吵起来。这是一个选择，我想表达的是这个。"

"但你不只是睡觉。你还能感觉到对方。"

"你只是睡觉而已。"他坚持道。

"你永远都不可能只是睡觉，"我说，"即使在你睡着的时候也不可能。"

"你让我开错路了。"

杰克打了方向灯，随后左转。这条新的路窄多了，显然它不是主干道，只是一条乡村小路。

"我们睡在一起的时候，难道你感觉不到我？"

"我得说，我不知道。因为我睡着了。"

"我能感觉到你。"我说。

$$\cdots\cdots\cdots$$

前天晚上，我又一次无法入睡，这几周我想得太多太多了。这是杰克在我这儿连续住的第三个晚上，我确实喜欢有个人一起睡，喜欢睡在别人身边。杰克像是睡着了，没有打呼噜，不过他的呼吸声听起来很近，就在边上。

我知我想要的是一个懂我的人，真正地懂我，比任何人更懂我，甚至超过我自己。这难道不是我将自己托付给他人的原因吗？不是为了性爱。如果是为了性爱，我们不需要结婚，只需不断地更新伴侣。

我们为很多原因而许下诺言，这我知道，但我认为长期关系更多的是为了能够彼此理解。我想要有个人懂我，真正地了解我，就好像他住在我的脑海里一样。那会是什么感觉？进入一个人的思维，仿佛拥有了某种特权，可以知道对方的所思所想，可以去依赖对方，同时也让对方依赖你。这和父母与子女间建立在生物学意义上的关系不同，这种关系存在着选择权。比起那种在生物学意义上延续基因的关系，这种关系更酷，但也更难达成。

我是这样认为的。可能这就是当一段关系真正建立时我们自会了知的原因，就是当之前从未与我们产生过联结的人比想象中更了解我们的时候。

我喜欢这种感觉。

那天晚上躺在床上，我仔细观察了杰克。他是那么沉稳，又有孩子般的稚气，他看起来比真实年龄小一些。睡着后，他的压力感和紧绷感都不见了，他不会磨牙，他的眼皮不会乱跳，他总是睡得很香。睡着后的他就像变了个人似的。

白天醒着时，杰克总让人有种隐隐的紧张感，那是一种随时可能爆发的状态。他总是有些小动作，晃晃腿或是敲打桌面之类。

然而，独自一个人的时候，难道不是更贴近最真实的我们吗？当我们不再和别的什么人捆绑在一起，不再因他人的表达和判断而看低自己的时候。我们可以和别人建立不同的关系，如朋友、家人，那样挺好。那种关系不会像爱情那样束缚。我们依然可以有爱人，短期的。但只有独处的状态才能让我们聚焦自身，了解自身。没有这样的独处状态，我们又怎能了解自己？不仅仅是睡觉时的独处。

很可能我不会和杰克相处了，很可能我就要和他结束了。让我感到不现实的是，无数人企图尝试持久坚定的关系，他们相信天长地久。杰克人不差，甚至是相当好。即使从统计数据来看，婚姻大多无法长久，但人们依然觉得结婚才是正常状态。大多数人都想结婚，还有什么其他事情明明成功率如此之低，却能让那么多人投身其中呢？

有一次，杰克告诉我他在实验室桌上放了一张自己的照片，那是放在那里的唯一一张照片。照片里的他只有五岁，有着一头卷卷的金发和胖嘟嘟的脸颊。他怎么有过这么胖嘟嘟的脸颊呢？他说之所以喜欢这张照片，是因为尽管从外表来看，现在的他完全是另一个人，但照片里的又确确实实是他本人。这话的意思不只是想表达他的外表彻底改变了，更想表达的是照片上的他每个细胞都已经死了，被抛弃了，被新细胞替代了。就这个层面而言，他现在是个完全不同的人了。那么，是什么在延续？是什么让现在这个完全不同的他仍能认可那个年幼的人是自己？他一定会说因为那些蛋白质。

我们的身体就像一段关系一样，不断地变化和重复，不断地疲倦和枯萎，随年龄渐长而最终枯竭。我们生病后会康复，也可能会恶化。我们不知道这些将发生在什么时候以什么方式以及是什么原因，我们只是继续着。

两个人更好，还是一个人更好？

大前天晚上，杰克沉睡后，我等待着一丝光亮能让我在黑暗中看清物体。失眠的夜晚，例如这个，或是最近的很多个，我希望能像关灯一样关上自己的心，我希望自己能像电脑一样有个关机命令。我没有看时间，我只是躺在那儿想着事情，希望自己像别人一样睡去。

"快到了，"杰克说，"还有五分钟。"

我坐直身体，把手臂支在脑袋后面，打了个哈欠："感觉挺快的，"我说，"谢谢你请我来。"

"谢谢你能来。"他说，然后加了句耐人寻味的话，"而且你也知道，当一件事物有失去的可能时，你就真的会失去它。"

——那具尸体是在橱柜里找到的。

——真的？

——嗯，一个小橱柜。只够挂几件衬衣外套，放几双靴子，就没什么空间了。尸体整个缩在里面，柜门是关着的。

——这让我很难过，也很愤怒。

——为什么不和其他人说，为什么？不论告诉谁。他有工作伙伴，他工作的地方不只他一个人，那里一直有人的。

——我明白。事情不应该变成这样。

——当然不应该。

——我们有人清楚他的情况吗？

——知道得不多。他头脑聪明，博览群书，是个事事通。他以前有过正式职业，从事学术工作，跟博士相关的，我记得。他没做下去，现在在这里结束了。

——他没结婚？

——没有。没老婆没孩子，什么亲戚都没有。这年头像他这样的人不多，彻底地一个人生活。

我们花了些时间才缓缓开出了农场前坑坑洼洼的车道，道两边各种了一排树。我们颠簸了得有一分钟，碎石和尘土折磨着轮胎。

车道尽头的房子是用石头建造的。从这个角度看，感觉房子不算很大，一边有个木质围栏。我们停在了屋子的右边，视力范围内看不到其他车。他父母没有车吗？我能看到从杰克说是厨房的地方传来的亮光，房子的其余部分都是暗的。

厨房里一定有个柴火炉子，因为我下车后首先闻到的就是烟味。这里曾是个漂亮的地方，我想象了一下，但现在有些陈旧。他们应该重新粉刷下窗台和窗框，门廊蛀了很多，廊下的秋千锈迹斑斑，已经坏掉了。

"我现在还不想进去。"杰克说。我刚朝着房子走了几步，于是停下脚步转过了身。"在车里坐了一路，我们还是先走一圈吧。"

"天色挺暗了。我们也看不到什么东西了吧？"

"至少可以呼吸下新鲜空气，"他说，"今晚星星没出来，天气好的夏色夜空非常壮观，起码比城市里的亮三倍。我很喜欢星空，还有云。我记得在湿润的午后，云朵一片连着一片，看起来十分绵软。我喜欢它们轻柔地飘过天空的感觉，每一朵都千差万别。我知道这很傻，只是看着云。我真希望我们现在就能看见。"

"不傻，"我说，"一点儿也不傻。你能注意到那些东西很不错，很多人注意不到。"

"我以前总是会注意到这类东西，包括树，现在好像不会了。我不知道什么时候改变的。不管怎么说，你要知道像这样下大雪的时候真是冷透了。这里的雪不是那种湿湿的可以做成雪球的那种雪。"杰克边说边往前走。我希望他能戴上手套，他的手冻得通红。

我们沿着高低不平的小道往牲口棚的方向走。我喜欢新鲜空气，但这里真是太冷了，没有清新或干爽的感觉，我的腿在打寒战。本来以为他会直接进屋和家人打招呼，我也希望如此，所以我没穿保暖裤，没穿长内衣。杰克给了我一个他所谓的"一览游"。

在一个大风呼啸的夜晚参观别人家的产业园区实在很诡异，但我看得出来他非常希望我好好看看。他指着苹果园让我看，还有夏天蔬菜园的位置，然后我们走到了一间陈旧的牲口棚前。

"羊都在里面，"他说，"可能一个小时前爸爸刚给它们喂了点儿谷物。"

他领着我走到一扇很宽的门前，门得从顶部打开。我们走了进去，灯光很昏暗，不过我还能分辨得出轮廓。大多数羊都躺下了，有些还在咀嚼，我能听见。羊群像是被冻得无精打采的，动也不想动，呼出的白气四处飘散。它们看向我们，一脸茫然。牲口棚的墙用的是三合板，柱子是杉木材质，棚顶则是某种金属板，可能是铝制的吧。有几处墙壁裂了，或是出现了破洞。这里实在是个沉闷的地方，让人待不下去。

牲口棚跟我之前想象的大不一样，当然我什么都没对杰克说，它看起来沉闷无聊，闻起来臭气烘烘。

"它们在反刍，"杰克说，"它们会一直这样，不停地咀嚼。"

"什么是反刍？"

"就是它们会把半消化的食物从胃里返回口中再次咀嚼，就像嚼口香糖。除了这些奇怪的嚼食现象，晚上的牲口棚没什么好玩的。"

杰克带我走出牲口棚时没再说什么。比起反刍和此起彼伏的咀嚼声，这里还有更让人不安的东西。墙上挂着两具动物尸体，是两具羊的尸体。

走出牲口棚后，毫无生机死气沉沉的感觉更重了，这和我想的很不一样。没有血迹或瘀血，没有苍蝇，没有味道，没有什么能够说明那两个曾是活物，没有任何腐坏的迹象。它们看着就像是人造的东西，而不是天然的材料。

我想好好看一下它们，但我同时又想离得远远的。除了餐盘里加了大蒜和迷迭香的羊肉以外，我从来没有看到过死羊。对我来说，可能这是第一次，看到这样不同形态的死亡。就像其他的不同形态一样：不同的活法，不同的爱情，不同的承诺，不同的许可。这些小羊并不是在梦游，不是气馁，不是生病，没有思考过放弃。这些被割掉尾巴的小羊只是死了，彻底死了，百分百地死了。

"小羊之后会被拿去做什么？"我问杰克，他正背对着牲口棚向前走。我敢说，他现在一定很饿，想快点儿进屋去。风吹得更紧了。

"什么？"他侧头大声问道，"你说死掉的那两只？"

"对。"

杰克没有回答，只是继续向前走。

我不知道还能说什么。杰克曾经给我描述过农场，他为什么不说会有死羊？我亲眼看到它们了。我真希望能忽略，但现在我看到它们了，我忘不掉。

"它们会被拿去做什么用？"我问。

"不太清楚。你想说什么？它们已经死了。"

"它们就一直放在那儿？还是会被埋掉之类的？"

"可能会找个时间用篝火烧了它们。等天气暖和些，春天的时候吧。"杰克继续在我前面走着，"现在它们肯定还是得冻着。"它们看起来和健康的活羊没什么区别，至少在我眼里是一样的，但它们死了。有些什么东西，让它们看起来就像是活的、健康的羊，却又完全不同。

我小跑着赶上杰克，小心地尽量不滑倒。我们已经离牲口棚挺远了，但当我回头时，那两只羊就那么毫无生气地，像一团硬物——或者说一袋谷物一样，靠着墙。

"来吧，"他叫我，"我带你去看看以前养猪的旧围栏。现在已经没有猪了，养猪太麻烦。"

我跟在他身后走着，一直走到他停下来。围栏看起来已经废弃了，有些年头没人打理的样子，这是我的感觉。已经没有猪了，但东西还在那儿。

"那些猪后来怎么了？"

"最后两头活到很老，几乎走不动了，"他说，"只能宰了它们。"

"所以没再养小猪？应该叫仔猪。养猪是这样的吧？"

"有时候也是这样，但我想他们没有继续养。农场里活儿太多，养猪又很花钱。"

我应该明白，但我止不住好奇："为什么一定得把猪杀了？"

"这就是农场。不是都那么愉快的。"

"嗯,那它们是病了?"

他转身看着我:"忘了吧。我觉得你不会喜欢真相的。"

"告诉我吧。我想知道。"

"有时候日子过得很辛苦,其他农场也是这样,这就是工作。我父母有几天没进围栏查看情况,他们只是把饲料倒进去。两头猪日复一日地躺在同一个角落。过了一阵子,老爸觉得应该好好看一下猪的情况了。他进去的时候,猪看起来不怎么好,他认为它们出现了同样的问题。

"他觉得最好移动一下它们。移第一头猪的时候,老爸差点儿向后摔倒,不过他还是举了起来。他举着猪翻了个个儿,发现肚子长了蛆,满是蛆,腹部看起来就像被会动的米饭覆盖了。另一头更糟。两头猪都活生生地被啃食着,从内而外,但远远看去根本发现不了。从外面看,只觉得它们很满足很悠闲,走近了才发现完全不是这样。我曾对你说过:生活不只有令人愉快的。"

"太恶心了。"

"两头猪都老了,它们的免疫系统可能已经不行了,体内感染,然后烂了。它们毕竟是猪,待的地方很脏。可能是从一个小伤口开始的,接着有苍蝇叮在了伤口上。不管起因如何,老爸都只能把猪宰了。他别无选择。"

杰克带头转了出去，我们又开始在雪地里嘎吱嘎吱地走路。我想办法踏着他的脚印前行，这样雪已经被踩实不少。

　　"可怜的东西。"我说。但我明白了，真的明白了，只能杀了它们，帮它们脱离苦海。这种痛苦无法忍受，即使解决办法是一了百了。那两只小羊，那两头猪，没有其他办法了，我想，没有退路。或许它们还是幸运的，结束得很痛快，多少削减了一些它们的痛苦。

　　和那两头冻住的羊不同，杰克没能在我心里为那两头猪营造一个慈悲、祥和的形象。我忍不住想：如果痛苦无法用死亡终结该怎么办？我们如何找到答案？如果情况无法好转怎么办？如果死亡不能带来解脱怎么办？如果蛆不停地啃噬，一直能感觉到，怎么办？这些问题把我吓坏了。

　　"你过来看看母鸡。"杰克说。

　　我们去了鸡舍。杰克除去门闩，我们蹑手蹑脚地走进去。鸡群都回到了架子上，因此我们不打算待很久。时间只够我们踏过黏糊糊的已解冻的鸡粪，当然我们也闻到了那股气味，凑巧看到一只还没回架子的母鸡正在吃自己的蛋。这里和牲口棚不同，每个地方都有独特的气味。所有的鸡都站在细架子上盯着我们，这让我觉得很诡异。我们的出现让它们不太愉快，比那些羊要明显。

　　"它们有时候会吃自己的蛋，如果蛋没被收走。"杰克说。

"有点儿恶心，"我只能想到这个词，"你们没有邻居吧？"

"也不能说没有，得看你怎么定义邻居。"

我们离开了鸡舍，谢天谢地，那股子气味终于不再往我鼻子里钻了。

我们在房子后面走来走去，我把下巴埋进胸口，这样能暖和些。我们离开小道，在没有铲过的雪地上往前走。我从来没这么饿过，简直饿极了。我抬头看到有人在房子里，在楼上的窗户那儿。一个瘦骨嶙峋的身影，站在那儿低头看着我们，一个留着长直发的女人。我的鼻尖冻住了。

"那是你妈妈吗？"我挥了挥手，没有回应。

"她应该看不见你。这儿太黑了。"

我们在没过脚踝的积雪中缓慢前行的时候，她始终站在窗口。

. . . .

我的手脚麻了，两颊冻得通红，让我高兴的是我们终于进到了室内。我们走进大门，来到一个小前厅，我不停地对着两只手哈气，好让它们暖和起来。我闻到了晚饭的味道，应该是某种肉，还有木头燃烧的烟味，以及这幢房子独有的味道。这是住在房子里的人感觉不到的味道。

杰克大声打了个招呼，他爸爸——应该是他爸爸——说他们一分钟后就下来。杰克看起来有些烦躁，甚至有些坐立不安。

"需要拖鞋吗？"他问，"对你来说可能有点儿大，但是这些旧地板相当冷。"

"好的，"我说，"谢谢。"

杰克在门左边的木头箱子里翻找起来，箱子里都是些帽子、围巾什么的。他终于挖出了一双磨旧的蓝色拖鞋。

"我以前穿的，"他说，"我记得是在这箱子里。这拖鞋样子不怎么好看，但穿着很舒服。"

他双手捧着鞋子前后检查起来，像是抱着婴儿一样。

"我很喜欢这双拖鞋。"他更像是在对自己说。他嘘了口气，把拖鞋递给了我。

"谢谢。"我说，但我不确定是不是应该穿上。最后我还是穿了，拖鞋不太合脚。

"好了，往这儿走。"杰克说道。

我们穿过前厅，左转走进了一间小客厅。屋子里很黑，杰克边走边打开了几盏灯。

"你家里人在做什么？"

"他们正准备下来。"

我们又走到一间大屋子，是起居室。这幢房子和我预想的不同，布置得很紧凑，不像外面那样。半新不旧的家具和地毯，还有很多木制桌椅，每件家具或摆设的样式都不同，装饰风格也是——如果有所谓风格的话——几乎没什么东西是成套的。这些家具的样式也都很老，感觉像是二十年前买的。这里给我一种独特的感觉，就好像穿越回到几十年前一样。

播放的音乐加重了时空穿越的感觉。汉克·威廉姆斯[1]，我猜，或者是比尔·门罗[2]，也可能是约翰尼·卡什[3]？听起来像黑胶唱片，不过我搞不清声音是从哪儿传来的。

"卧室在楼上，"杰克说着指了指起居室外面的楼梯，"就在靠楼梯口的地方，吃完饭我可以带你参观一下。不过也没什么好看的，就是栋老房子。"

就是这样。所有的东西都很陈旧，但非常干净整洁。茶几桌上没有灰尘，窗帘没有褪色，也没有破洞。老农场的房子里是怎么做到一尘不染的？沙发和椅子上也没有针线碎布，没有动物毛，没有落灰。墙上有很多彩图和素描，真是相当多，大多数没有裱框。彩图都很大，素描有各种尺寸的，不过都比较小。这个房间里没有电视，也没有电脑，有很多灯，还有蜡烛，杰克把一些没点的点上了。

---

[1] 汉克·威廉姆斯（Hank Williams）（1923—1953），美国乡村音乐歌手。文中还将提到他的一首歌《嗨，美女》。

[2] 比尔·门罗（Bill monroe）（1911—1996），美国歌手，蓝草音乐之父，20世纪40年代乡村乐坛的风云人物。

[3] 约翰尼·卡什（Johnny Cash）（1932—2003），美国乡村音乐创作歌手，多次格莱美奖获得者。

我猜收集那些小摆设的应该是杰克妈妈。这些小玩意儿大多是穿着精致服装鞋帽的小孩子造型，看起来像是瓷质的。有些孩子在采花，有些在捡草，无论他们在做什么，他们都是永恒地在做。

柴火炉子从远处的角落里传来噼啪声。我走过去背对着炉子站定，让暖意传遍我的后背。"我爱这火焰，"我说，"在这大冬天晚上太舒服了。"

杰克在我对面的褐红色沙发上坐了下来。

突然一个想法跳了出来，在我还没来得及思考前就脱口而出："你父母知道我们会来，对吧？是他们请我们来的？"

"嗯，我们联系过。"

在这间屋子的入口对面，楼梯的另一边，有扇上面满是抓痕的破门。门是关着的。"那扇门后边是什么？"

杰克看我的眼神好像我问了个很蠢的问题："就是一些房间。地下室从那儿下去。"

"哦，知道了。"我回答。

"那边还没完工。地上有个破洞，为了走热水器管道之类的东西。我们平时不用那儿，有点儿浪费空间，下面也没什么东西。"

"地上有个洞？"

"不用在意我说的，那里不是什么好地方，就这样，没什么了。"

我听到楼上有扇门被关上了。我看了眼杰克，看他是不是能认出声音来源，不过他正在想心事，直直地看着面前什么都没有的空气。

"门上的抓痕怎么来的？"

"以前我们养的一条狗抓的。"

我离开炉子走到挂满了画的墙边，发现墙上也有几张照片。都是黑白照，所有照片都镶了框，不像素描那样。照片里的人都没有笑容，每个人都面无表情。中间的照片里有个女孩，十四岁或者更小，她穿着白色的裙子，摆了个站姿造型。照片已经褪色了。

"这是谁？"我摸着相框问道。

杰克没有起身，他刚从咖啡桌上拿了本书在看，他抬起头来："我曾祖母。她1885年左右出生的。"

她又瘦又白，看起来有些害羞。

"她过得不开心，有点儿问题。"

杰克的语气让我有些惊讶，好像正处在烦躁的边缘，不太正常。

"或许她的生活很艰难？"我给了个假设。

"她的问题放在别人身上也很难解决，不过现在也没什么关系了。我都不知道为什么我们还把这张照片挂在这里，那是个悲伤的故事。"

我想再问些问题，不过没说出口。

"这又是谁？"那是个还在学步年龄的小孩，三四岁的样子。

"你不知道？"

"不知道啊，我怎么可能知道？"

"那是我。"

我凑近照片仔细地看："什么？不可能。那不可能是你。照片太旧了。"

"黑白照的关系，那就是我。"

我不确定是不是应该相信他。那个孩子赤脚站在一条土路上，旁边是辆三轮车。他留着长头发，正瞪着照相机。我凑得更近些，突然感到胃里一阵翻滚。他看起来不像杰克，完全不像。他看起来像个小女孩，更准确地说，看起来像我。

——他们说他几乎不说话。

——不说话？

——不怎么用语言表达。他只干活不说话，其他人都觉得很别扭。在走廊里经过他身边的时候，我会和他打招呼，对他来说直视我的眼睛都是件难事。他会脸红，然后走开。

——真的？

——嗯，我还记得当时很后悔雇用了他，不是因为他的能力问题。那儿一直都保持着干净整洁，他做得不错。坦白讲，是我有种感觉，你能理解吗？我感觉到了什么，比如他不是个正常人。

——这事儿验证了你的感觉。

——是的。我当初应该有所行动，去做些什么，我想至少做我能做的。

——事情已经发生了，你说什么都没用了。我们不能因为别人的所作所为而内疚。这事儿和我们没有关系，我们只是我们。这事儿只和他有关。

——你说得没错，又提醒了我一次。

——那么，然后呢？

——我们想办法忘了这件事吧，都忘了。我们找个人代替他，我们还要过下去。

现在，我们坐在桌边了，晚饭闻起来很香，谢天谢地，为了这顿饭，我们连午餐都没吃。我希望确保自己到时候会有饿的感觉，而事实的确如此。两件让我心烦的事是：一是我的头还在疼，二是几天前我的嘴里开始出现金属味。这种味道虽然若有若无的，但还是能感觉到，尤其是在吃某些食物时会变得很鲜明，其中水果和蔬菜尤甚。一股子化学风味，不知由何引起。我注意到的时候已经吃什么都很倒胃口了，真希望现在没有发作。

我们还没见到杰克的父母，我实在很惊讶。他们在哪里？餐桌已经布置好了，食物也已准备就绪。我能听到隔壁屋子的脚步声，可能是从厨房传来的。我自己拿了只小餐包，一只热的小餐包，撕开一半胡乱抹了点黄油进去。但我制止住自己没动口，因为我突然发现只有我一个人开动了，杰克只是坐在那儿。我实在饿极了。

我正打算再问下杰克他父母在哪儿的时候，入口的门开了，他父母顺次走了进来，于是我起身打招呼。

"坐，坐。"他爸爸边说边打手势，"很高兴见到你。"

"谢谢你们邀请我来。菜闻起来都很好吃。"

"希望你能有食欲，"杰克妈妈说着也落了座，"你能来，我们都很高兴。"

一切都展开得很迅速。没有正式介绍，无须握手，现在我们都在这儿，坐在桌边。我猜他们一贯如此，我对杰克的父母产生了好奇心。我得说他爸爸很矜持，界限分明得有些冷漠。他妈妈倒是很喜欢笑，从厨房过来后就一直满面笑容。从相貌上看，杰克和他们两个人都不太像。他妈妈的妆容比我想象的更浓，她涂得这么厚，我都有点儿不知该说什么好了。不过我不会告诉杰克这个看法的。她的头发染得墨黑，和粉底的白色以及唇膏的鲜红形成了强烈对比。她看起来有些弱不禁风，或者说脆弱，就像是一碰就碎的玻璃制品。

她穿着一身过时的短袖蓝丝绒裙，领口和袖口都饰有蕾丝，感觉像是前台人员的正装。这种裙子平时不常见，现在穿也是反季节，这裙子适合夏天而非冬天穿，普通晚餐穿成这样看着也比较夸张。我觉得自己打扮得太随便了。还有，她赤着脚，没穿鞋，也没穿袜子。我把叠好的餐巾铺到腿上时瞥了眼桌底：她右脚的大脚趾没有指甲，其他脚指甲都涂了红色指甲油。

杰克的爸爸穿着袜子和皮拖鞋，以及蓝色工装裤和格子衬衫，衬衫的袖子卷着。他的眼镜用细绳挂在脖子上，额头贴了块薄薄的创可贴，就在左眼上方。

食物上齐了，我们开始吃饭。

"我的耳朵有点儿问题。"杰克妈妈说。我抬起头，她正咧嘴笑着看我。我能听见桌子后面那座落地大钟的钟摆声。

"你出问题的不只有一个地方。"杰克爸爸回应道。

"耳鸣，"她说着，把手放在自己丈夫的手上，"就这个问题。"

我看了看杰克，又看了看他妈妈。"抱歉，"我说，"耳鸣，是什么意思？"

"这说起来并不好笑，"杰克爸爸说，"一点儿都不。"

"显然不，"他妈妈说，"我能听到嗡嗡声，在耳朵里，在脑袋里。不是所有时候，但大多数时候都能听到。人生中多了一个持续的嗡嗡声做背景音。刚开始，他们以为是耳垢引起的，结果不是。"

"那太糟了。"我边说边看了眼杰克，他没反应，他依然在往嘴里送吃的。"我之前听杰克说过。"我说。

"而且我的听力也越来越差，这些都是关联的。"

"她总让我重复说话。"他爸爸说道。随后他喝了口葡萄酒，我也喝了一口。

"然后还有声音，我听到了耳语。"

又一个大大的笑容。我又看了眼杰克，我想在他脸上找到一些回应，但一无所获。我需要他帮我进入话题，但他没有。

就在我看向杰克想寻求点儿帮助的时候，我的手机响了，杰克妈妈从椅子上弹了起来。我能感到自己的脸开始发烫，这可不太妙。手机在我包里，而包在我的座位下面。

最后，杰克抬头看着我。"抱歉，是我的手机。我以为没电了。"我说道。

"又是你的那个朋友？她打了一整晚电话。"

"也许你应该接一下，"杰克妈妈说，"我们不介意的。万一你朋友有什么需要。"

"不，不，没什么要紧事。"

"没准挺重要的。"

手机不停地响，没有人说话。又响了几声后，终于停了。

"不管怎么说，"杰克爸爸开口道，"这些征兆只是听起来比较糟糕，和实际相比的话。"他再次伸出手碰碰他妻子的手，"和你在电影里看到的情况不一样。"

我听到了手机振动声，有消息进来了，又一条。我不想听到这样的消息，但我明白我不得不听。我永远无法无视它们。

"我所说的'耳语'，"杰克妈妈说着，"不是你们或我这样的声音。它们说的话无法理解。"

"对她来说是种折磨，尤其晚上。"

"晚上是最糟糕的，"她说，"我再也不能好好睡觉了。"

"只要她发作，我们就都没法安心休息了。"

来这儿后我总是在寻找救命稻草，我不知道该说什么。"太折磨人了。现在越来越多针对睡眠的研究，我们也越来越明白睡眠有多重要了。"

我的手机又响了。听起来比之前更响，虽然我知道不可能。

"是不是很重要？你最好接下电话。"杰克说。他擦了擦额头。

他父母没说什么，但交换了个眼神。

我不打算接电话，我不能接。

"真的很抱歉，"我说，"打扰了大家。"

杰克正盯着我看。

"有些事情在有些时候的麻烦程度超过了它们本身的意义。"杰克爸爸表示。

"睡眠紊乱,"杰克妈妈说,"这个问题很严重,让人持续地衰弱。"

"你听说过这个吗?"杰克爸爸问我。

"我想是的。"我回答。

"我无法动弹,但我是醒着的,并且意识很清醒。"

他爸爸突然活跃起来,边说话边拿着叉子做手势。"有时候我会无缘无故地在半夜醒来,我就转身看她。她仰面躺在我身边,非常安静,但她的眼睛——瞪得圆圆的,她看起来吓坏了。那个样子总让我很害怕,我永远也适应不了。"他插起盘子里的食物塞了满满一嘴。

"我觉得有种压迫感,在胸口那儿,"杰克妈妈继续道,"经常透不过气。"

手机又震动了,这次的消息很长,我敢肯定。杰克把叉子弄掉了,我们都转头看向他。

"抱歉。"他说,之后又是一片安静。我从没见过杰克这样专注于盘中的食物,他盯着食物,却不进食。

是我的手机铃声令他心烦吗?还是我说的什么让他恼了?我们到这儿后,我感觉他和平时不一样了,包括他的整个情绪,就好像我是一个人独自坐在这儿似的。

"你们一路开车感觉怎么样?"为了鼓励杰克说话,还是他爸爸开了口。

"挺好的。刚开始路上车挺多,开了差不多半小时后,路上就安静了。"

"这些乡村公路使用率不高。"

撇开外表,杰克和他父母倒是挺像的。动作敏捷,喜欢做手势,和他们一样,在思考的时候会紧握双手。谈话时的风格也像他们,对于不想讨论的话题,他会非常突然地转移方向。很明显,看到一个人和他的父母在一起,能很切实地感受到他们是一体的。

"一般人都不喜欢在冰天雪地里开车,这不怪他们,"杰克妈妈说,"这里附近一无所有,方圆几英里都是这样。不过空荡荡的马路正好让给那些休闲旅行的人,没错吧?尤其是晚上。

"建了那些新高速后,这些乡间小道基本都派不上用场了。你可以沿着路中央走回家,都不会被撞的。

"并且得走上好久呢,而且有点儿冷。"他妈妈大笑起来,不过我搞不清她为什么笑。"不过你确实会很安全。"

"我习惯于拥堵的交通状况了,"我说,"来这儿的路上很轻松。我在乡村待的时间不多。"

"你来自城市郊区吧？"

"我在那里出生并长大的，离大城市开车差不多一小时的距离。"

"没错，我们以前到过你那个地方，是不是靠水边？"

"是的。"

"我不记得我们到过那里。"她说。我不知道该怎么回答，这算是个矛盾吗？困惑于记忆中是否发生过的旅行，她打了个哈欠。

"我太吃惊了，你居然不记得上次我们去过那里。"杰克爸爸说。

"我记得很多事，"杰克妈妈说，"杰克之前回来过，和他上任女朋友一起。"她对我眨了眨眼，或者类似眨眼的动作。我不知道她是无意还是有意的。

"你不记得了吗，杰克？还有我们吃的菜？"

"那没什么值得记住的。"杰克回答。

他已经吃完了，盘子很干净。我连一半都还没吃完，我把注意力转到了食物上，开始切一块半熟的肉。肉外面有些焦黑，里面确实很嫩，粉红色柔软的质地。我的餐盘里满是肉汁和血，凝胶状的沙拉还没动，我的饥饿感已经减弱了不少。我把土豆和胡萝卜碾碎，就着一小块肉放进了嘴里。

"你能来我们家真是太好了，"杰克妈妈说，"杰克从来不带女朋友回来。你能来简直太棒了。"

"完全同意。"杰克爸爸说道,"这里附近太安静了,我们很孤单——"

"我有个好主意,"杰克妈妈说,"很有意思。"

我们都看向她。

"我们以前常常玩游戏,用来打发时间。我最喜欢的那个游戏,我觉得你应该非常擅长。为什么不把你自己假装成杰克呢?"她对我说。

"是的,没错,"杰克爸爸回答,"好主意。"

杰克看了我一眼,又低下了头。他的手一直握着空盘子上的叉子。

"所以,我们是要……您是指,扮演杰克?"我问道,"就是这个游戏?"

"对,"杰克妈妈说,"学他的声音,像他一样说话,模仿他的行为。噢,太有趣了。"

杰克爸爸放下了他的餐刀:"这个游戏真是不错。"

"我不——只是——我不太擅长做这种事。"

"学他的声音,逗大家一乐嘛。"他妈妈坚持道。

我看了看杰克,没有眼神交流。"好吧。"我说,继续拖延。在他父母面前模仿他,这让我感觉很不舒服,但我又不愿让他们失望。

他们仍在等，紧紧盯着我。

我清了下嗓子。"嗨，我是杰克，"我压低嗓音说，"生物化学有很大价值，是的，当然文学和哲学也同样如此。"

他爸爸微笑着点点头，他妈妈咧嘴笑了起来。我很窘迫，我不想玩这个游戏。

"不错，"他爸爸说，"都不错。"

"我就知道她擅长，"他妈妈说，"她了解他，从里到外。"

杰克抬起头。"换我了。"他说。

这是这段时间里他说的第一句话。杰克不喜欢玩游戏。

"就是要这样。"他妈妈说着鼓起掌来。

杰克开始用明显代表了我的声音说话，比他自己的声音高一些，但没有很夸张。他没有嘲弄我，他只是模仿我。他配上了微妙而又精准的手势及面部表情，还梳理了耳后并不存在的头发。令人惊讶，异乎精确，让人生窘，毫不客气。这不是玩笑式的模仿游戏，他扮演得很认真，简直太认真了，他在大家面前变成了我。

我扫视了一下他父母，他们睁圆了眼睛沉浸在表演中。杰克表演完后，有那么一瞬间的停顿，随后他爸爸大笑起来，他妈妈也笑弯了腰，杰克没有笑。

就在此时，有电话响了。不过这次不是我的电话，是农场的内部线路，在另一个房间响得刺耳。

"我最好去接一下。"铃声响到第三下时，他妈妈说道，随后略略笑着离开了。

他爸爸拿起刀叉继续吃饭，我却再也感觉不到一丝饿意。杰克指示我把沙拉递给他，我递给他爸爸，他没有说谢谢。

他妈妈回到了餐厅。"谁打来的？"杰克问。

"没谁，"她边说边坐下，"打错了。"

她摇着头，用叉子插起一块胡萝卜片。

"你应该看下手机。"她说。当她看着我的时候，我心中生起了一阵莫名的强烈的感觉。"真的，我们不介意的。"

我不想吃甜点，不只因为我饱了。甜点端出来的时候，我相当尴尬，那是个巧克力木桩蛋糕，上面有厚厚一层掼奶油。我有乳奶不耐受症，我应该让杰克提醒他父母的，他一定是忘了。我没法碰那个蛋糕。

在杰克和他父母去厨房的当口，我看了下手机。手机没电了，这可能是最好的，明天早上我再处理它。

杰克妈妈回到桌边时，她换了身裙子，但似乎没人注意。可能她总是这样？吃甜点的时候换衣服？变化其实很细微，同样款式的裙子，只是颜色略有不同，就好像电脑故障造成的裙子色差。或许她在之前那条裙子上打翻了什么？她还在那个没有指甲的大脚趾上贴了创可贴。

"还想吃些什么吗？"他爸爸重复了一遍，"你真的不来点儿蛋糕？”

"不用不用，我够了，真的。晚餐非常好吃，我都吃撑了。"

"你不喜欢奶油真是太可惜了，"杰克妈妈说，"我知道有点儿腻，不过很好吃。"

"看起来不错。"我说。我把纠正她"不喜欢"的话吞了回去，即使喜欢也无能为力。

杰克也没有吃甜点，他没碰叉子也没碰盘子。他正靠着椅背休息，一只手把玩着后脑勺的一缕头发。

我感到一阵剧痛，就好像被人掐了一样，这才震惊地发现我在咬手指，食指还在嘴里。我看了看自己的手，拇指指甲几乎被啃掉了一半。什么时候开始的？我记不得了，但肯定是在晚饭期间。我把自己的手放到了身体两侧。

杰克一直看我是因为这个？我把指甲咬成了这样，为什么始终没意识到？我能感觉到嘴里有片指甲，卡在两个臼齿当中，很不舒服。

"今晚你能帮我把肥料拿出去吗，杰克？"他妈妈问道，"你爸爸背部还在痛，桶已经满了。"

"当然可以。"杰克回答。

也许只是我一个人的感觉，但这顿饭确实有些怪异。这栋房子、他的父母、整个旅程，都和我想象的不同，既不开心也让人提不起什么兴趣。我没想到一切都如此陈旧，如此过时，到这儿后我就浑身不舒服。他父母还行——尤其是他爸爸——但他们都不健谈。他们说了很多，但基本都是他们自己的事，中间夹杂着漫长的沉默、切到盘子的声音、一些音乐声、钟摆声、柴火的噼啪声。

杰克是一个如此出色的谈话高手，在我遇到的人中算数一数二的了，我以为他的父母也是如此。我以为我们会谈论工作，甚至谈到政治、哲学、艺术诸如此类。我以为他们家会大一些，建筑物会更有型一些，我以为这里会有更多鲜活的动物。

我记得杰克跟我说过，高质量的知识交流有两个最重要的元素：

第一，让简单的归于简单，让复杂的归于复杂。

第二，不要带着一种策略或是解决方案进入交流。

"抱歉，"我说，"我想去下卫生间。是不是穿过这扇门就到了？"我的舌头不停舔着牙齿里的那片指甲。

"是的，"杰克爸爸说，"和这里一样，顺着这条道，沿长门廊走到头。"

. . . .

我在一片漆黑中花了几秒时间摸到了墙上的电灯开关，打开明亮的白炽灯，灯丝的嗡嗡声随即响了起来。这不是我在卫生间里常见的那种黄色灯光，而是手术室消毒室用的那种白炽灯，这让我不禁眯起了眼。我不知道是灯光还是嗡嗡声，让我更加眩晕。

也正是在开了灯后，我才更加意识到，这整栋房子是多么乌黑。

关门后，我第一件事就是把牙齿中的指甲片剔出，吐在手上。指甲片很大，非常大，看着就恶心，我把它扔进了马桶。我看着自己的手，左手无名指和大拇指一样，指甲被啃掉了很多，指甲和皮肤的接连处还留着不少血迹。

洗漱池前没有安镜子，不过我也不想看见自己，至少今天别让我看到。我觉得眼睛下面起了眼袋，我很确定。我不喜欢自己，容易兴奋，容易激动。我感到最近几天缺觉的困意正在向我袭来，晚餐的葡萄酒也起了些作用。酒杯很大，而杰克爸爸又不断地给我满上。我大概会一直尿上半小时。坐上马桶后，我感觉好多了。我不想回去，至少现在还不想。我的头依然在疼。

甜点之后，杰克父母迅速地起身，收拾完桌子去厨房了，留下我和杰克两个。我们没说什么，只是坐着。我能听见他父母的声音从厨房传来，好吧，应该说听不清。我分辨不清他们说的词，只能听出语调。他们在争论着什么，似乎是晚餐时的某个话题引发的，争论相当激烈。没当着我的面或是杰克的面争论，这让我很高兴。

"那儿发生什么了？"我低声问杰克。

"哪儿？"

我冲完马桶后就站在那里，仍然不怎么想回去，于是我研究了下周围的东西。有个带淋浴的浴缸，浴缸边的横杆上有很多圆环，却没有浴帘。有个小废纸篓，还有个洗漱池。卫生间干净整洁。

墙上的白色瓷砖和地上的颜色一样。我试着打开梳妆柜的门，或者说它曾是装有镜子的梳妆柜，里面的架子上有个空药瓶，其余位置都空空如也。我关上了门，灯光依然那么晃眼。

我在洗漱池洗手时，发现池边停着只晕头转向的苍蝇。大多数苍蝇会在你的手接近时飞走，我挥了挥手，它动也没动。我用手指轻轻抚过这只昆虫的翅膀，它微微动了动，但仍没有要飞走的样子。

如果飞不了，它也就无法离开这里，它不可能爬出去，它被留在了这里。它能明白这些吗？显然不能。我用大拇指把它碾碎在池子壁上，我不知道为什么这么做，平时的我不会这么做，也许我是想帮它。这是最迅速的方法，比起把它冲入下水道让它慢慢旋转着死去，还是这样更好些，这好过把它留在池子里。它不过是千千万万只苍蝇中的一只。

就在我看着碾碎的苍蝇的时候，我感到有人跟着来到了卫生间，我感到自己不是一个人。门外没有声响，没有敲门声，也没听见脚步声，只是感觉，但很强烈。我觉得有人就在门外，他们是不是在听里面的动静？

我没有动，我没有听见声响。我向门靠近了些，慢慢把手放在门把儿上。我在等，等门把儿握在手中，我猛地打开了门。门外没人，只有我的拖鞋，我进来时把它留在了外面。我也不知道为什么。

应该说是杰克的拖鞋，是他借给我的。我以为它们应该头向着卫生间，但现在，它们头向外。我不确定，应该是我这么放的，应该是我。

我没有关门，就走回了洗漱池边，打开龙头冲走了死苍蝇。一滴血滴在池子里，又是一滴。我在龙头的表面看到了自己鼻子的影子，它正在流血。我抓起一张纸巾捏成球，塞住了鼻子。为什么我的鼻子会出血？

我已经很多年没有流鼻血了。

· · · · · · · · ·

我离开卫生间，沿着门廊往回走。我经过了一扇通往地下室的门，门开着，一条又窄又陡的楼梯通向楼下。我停下脚步，一只手扶在了打开的门上。哪怕再轻微的动作，无论往哪个方向用力，门都会发出吱嘎的响声，门铰需要上油了。地上是条磨旧的地毯，一直铺到木头楼梯边上。

我听到洗盘子声和对话声从厨房传来，杰克和他父母都在那儿。我觉得没必要马上回去，我要给他留点儿时间单独陪父母。

站在楼上看不清楼下，下面很暗，但我能听见有声音从地下室传来。我向前走了几步，穿过门的时候，有根白色绳子从右边垂下。我拉了一下，一个灯泡嗡嗡着亮了起来。现在楼下的声音更清晰了，是一种尖锐单调的吱嘎声，比门铰声更尖，像是在反复研磨着什么东西。

我对地下室充满了好奇。杰克说他父母平时不用，那下面是什么？声音是怎么来的？是热水器？

楼梯高低不平，不怎么稳固，也没有护栏。我看见右边地上有扇掀起的活板门，和地板用了一样的木头，上面有个金属把手。如果门关上，楼梯就会被藏起来。活板门上布满抓痕，和起居室门上的一样。我用手指摸了摸，抓痕不太深，但看起来很恐怖。

我开始向下走。感觉有点像从帆船的上层走进下层的甲板，没有护栏，我就扶着墙。

走到底部后，我站在了一大片水泥地面上，就在地基的砾石层上面。下面空间不大，天花板比较低。我前面是几个白棕色纸板箱的架子，箱子又旧又潮，褪了色，感觉一碰就坏，上面落满了灰尘。成排成排的箱子就这样摆在架子上，它们都被锁在了这里，在活板门下，被埋藏了。"我们不使用那儿，"这是杰克说的，"下面没什么东西。"这话不完全对，应该说，完全不对。

我转了一圈。在我身后，楼梯的另一边，我看到了那个热水器，还有储存热水的水箱以及面板。还有个别的东西，一个什么装置，很旧，生了锈，没有运转，我不太确定这是什么。

这个空间比地上的洞大不了多少，或许对这样一栋老农舍来说很正常。我想象了一下地下室春天被水淹的情景。墙壁是由大块基岩和泥土筑成的，不算真正意义上的墙，地面也不算真正的地面。没有吧台或是桌球桌，没有乒乓球台，孩子只要在这儿待上几秒都能吓坏。这里还有股味道，我不知道来源是什么，一股子阴湿、滞气、发霉、腐烂味儿。我究竟想在这底下干吗？

我正打算上去，就在这时，在这个空间的另一头，在水箱的那边，我注意到了声音的来源。架子上有个小小的白色电扇正在摇摆，光线太暗，几乎看不见它。我真的应该上楼去，回到桌边。

我觉得杰克不希望我看见这些，但这个想法让我更想待在这儿，不会很久的。我小心翼翼地朝电扇走去，电扇不停地向前后摆头。为什么冬天还开着电扇？已经够冷的了。

在热水器边的画架上有幅画，电扇是为了这个开的？为了把画吹干？我无法想象有人在这个地方待很久的时间，只为了画画。我没看到画具，也没有其他工具，也没有椅子，难道是站着画的？我猜是杰克妈妈。但是她比我高，而我差不多得弯腰才不会被天花板的梁撞到头。所以，究竟为什么在这儿画画？

我又靠近了些。画面上满是狂野厚重的笔触，还有些非常特别的细节。这是在临摹一个空间，一个房间。有可能是这个地方，这个地下室，应该是。很暗，整幅图都很暗，但我能分辨得出楼梯、水泥地面、架子，只有热水器图画上没有。那个位置有个女人，也或者是个男人，总之是一个实体，一个长发的人。这个人站着，略有些弯腰，胳膊很长。指甲也长，相当长，就像爪子一样，它们并不会长得更长更尖利，但看起来却有这个趋势。在画面的底部角落里还有另一个人，小很多，是个孩子？

看着这幅画，我想起开车来的路上杰克提到的事。他说的时候我心不在焉，所以现在我很惊讶自己居然能这么清楚地想起他的话。他说的是为什么在哲学领域会屡屡使用实例，认知和真相是如何与确定性、合理推论甚至抽象概念相结合的。"这两方面需要结合，"他说，"这很重要。"当时我正在看窗外经过的农田，看着那些飞速掠过的光秃秃的树。

"这种结合能反映出我们思维运作的方式，反映出我们运行和互动的方式。我们分解为逻辑的、理性的以及其他部分，"他说道，"其他更接近感性或者说精神层次的东西，这个词可能会让你毛骨悚然。但我们不能仅靠理性来理解这个世界，即使是最理性的大脑，也无法理解整个世界。我们需要靠象征性来表示意义。"

我瞥了他一眼，没有接话。

"我不单指希腊人的哲学。这是普遍思路，无论在西方还是东方。这是通用原理。"

"你所说的象征性是指？"

"寓言，"他回答，"精妙的隐喻。我们不只通过自身的实际经验来理解和认知事物的意义和效用，更通过象征来判断是否做出接受、拒绝、理解等行为。这些象征在我们对生命的理解、对存在的理解、对价值的理解方面，与数学和科学同等重要。这些是我以科学家身份发表的看法，这与我们的运行机制、决策机制全然相关。看，就在我说的同时，我能听见自己所说的内容，了解听起来的感觉。虽然这理所当然且大家习以为常，但其实很有意思。"

我又看向了那幅画。那个人平淡的脸，没有任何明显特征。长指甲指尖向下，湿湿的，几乎可以滴下水来。电扇不停地前后摆头。

画架边上有个脏脏的小书箱，装满了旧稿纸。一沓一沓，都是画。我拿起一张，纸很厚，又拿起另一张，画的都是这个地方，全是这个地下室。只是每幅画中，站在热水器位置的人不同。有些是短发，有些是长发，还有一个长着角。有些有乳房，有些长了阴茎，有些兼而有之。每个人都有长长的指甲，以及一副似曾相识的呆滞表情。

每幅画上也都有那个孩子，大都是在角落。有时也出现在其他地方，比如蹲在地上抬头看着那个大人。有一幅画里，那个孩子出现在一个女人的肚子里。还有一幅画里，一个女人有两个头，其中一个是那个孩子的脸。

我听到了楼上的脚步声，很轻柔。是杰克妈妈？为什么我会假设这些画是她画的，并且是在这里画的？我听到了其他脚步声，更加重了。

我能听见人声，在说话，两个人，我听见了。从哪里传来的？是杰克父母，在楼上。他们又争吵了起来。

争论声很猛，交谈得不怎么恳诚，倒是很激烈，发生了些事情，像是让他们很心烦。我需要离通风口近一点儿，有个生锈的油漆桶在靠里的墙边，我把它挪到通风口下，站了上去，为保持平衡，我靠在了墙上。他们说话的地方来自厨房。

"他不能再这样下去。"

"这事持续不了多久。"

"他为了能进那里花了那么多时间，就这么半途而废了？他把一切都抛在脑后，我当然担心。"

"他需要可以预见的未来，需要稳定的生活。他太孤单了。"

他们在说杰克的事？我把手撑在墙上，踮起了脚。

"你一直告诉他，他想怎么过就怎么过。"

"不然我该说什么？他总不能那么害羞那么自闭地一天天过下去……所以……"

她在说什么？我听不明白。

"得从他自己的思维里走出来，活下去。"

"他离开了实验室，这就是他的决定。他最初绝对不应该选那条路。事情……"

这里我有些听不清楚。

"是的，是的。我知道他很聪明，我知道。但这不代表他应该走那条路。"

"……一个他能留下的工作，能保住的工作。"

离开实验室？所以他们在讨论杰克的事？他们说的是什么意思？杰克还在那里工作啊。他们的话越来越难听清了，如果我能爬得再高点儿再近点儿就好了。

油漆桶翻了，我撞在了墙上，说话声停止，我一动都不敢动。

有那么一瞬间，我听到有人在我身后移动。我不该下来这里，我不该偷听。我转身向后看楼梯，那里一个人都没有。只有摆满箱子的架子，以及从楼上照下来的昏暗灯光。我没有再听到说话声，一个字也没有。周围安静下来，这里只有我一个人。

突然一阵幽闭恐惧的不祥之感席卷了我。如果有人关上了活板门怎么办？我会被关在这里。这里这么暗，我不知道到时候该怎么办。我站起身揉揉撞痛的膝盖，不愿再多想。

我沿着楼梯向上走的时候，注意到活板门上有个插销锁，就是在关上就能把楼梯藏起来的那扇活板门上。插销的锁片用螺丝固定在楼梯边的墙上，插销部分则在活板门背面。通常来讲，它应该装在门的正面，这样才能从楼上上锁。这扇活板门从两边都能打开，在地下室可以向上推开，而在楼上可以向上拉开，但只能从下面上锁。

——有人知道正式死因吗？

——失血过多，从那些刺穿的伤口流出来的。

——真可怕。

——我们估计流了几个小时的血。流血量特别大。

——撞见这事儿的人肯定吓死了。

——是啊，我想也是。太可怕了，这辈子都忘不了。

我回到餐厅时，那里空无一人。桌子已经收拾干净，只留了我的甜点盘。

我探头看向厨房，脏盘子堆在洗涤液中，还没有洗。洗涤槽里都是脏水，龙头滴着水，滴滴答答。

"杰克？"我喊了一声。他在哪里？其他人都在哪里？杰克很可能去倒垃圾了。

我看向通往二楼的楼梯，台阶上铺着柔软的绿色地毯，边上是木板墙，以及更多的照片，大部分都是一对年长夫妇的。都是些老照片，没有杰克小时候的照片。

杰克说过晚饭后会带我参观楼上，为什么不现在就参观呢？我径自上了楼，那里有扇窗户，但外面太暗了，什么也看不清。

我左手边有扇门，门上挂了个艺术字体的"J"。这是杰克的旧卧室。我走进去，坐在杰克床上打量着四周。有很多书，整整四箱，每个书箱上都放了蜡烛。床很软，最上面的毯子是我想象中旧农场该有的手工编织物。对杰克这么高的人来说，这张床小了点儿，是张单人床。我手心向下在床上左右按压，像掉在水里的苹果那样起伏。弹簧吱吱嘎嘎地响，显示出它的年龄和使用时间。老弹簧，老房子。

我站起身，走到窗前的书桌边，穿过一把坐起来应该很舒服的蓝色椅子，那椅子明显很旧了。桌上东西不多，笔筒里有几支钢笔和铅笔，一个棕色茶壶，几本书，还有一把银色大剪刀。拉开第一个抽屉，里面都是些办公用的寻常物件——回形针，笔记本，还有个棕色信封，信封外印着字母"U"，看上去很像杰克的笔迹。我实在压抑不住好奇心，拿起信封，并打开它。

信封里装的是照片。我或许不该这么做，这和我无关。我快速翻了一遍，有二三十张，都是些特写镜头，拍的是身体的一部分，膝盖、手肘、手指，以及很多脚趾、一些嘴唇和牙齿、牙龈。还有几张照片是极近的特写，只有头发和皮肤，可能还有粉刺。我说不出这些照片是一个人的还是几个人的，我把照片又装回了信封。

我以前没有见过这样的照片。这算是某种艺术形式？像那种为展览或为某个设施拍的照片？杰克向我提到过，他对摄影很着迷，他唯一在校外上的课是与艺术相关的课程。他说过他攒钱买了个很好的相机。

这个房间里也布置着很多照片，风景照，树和花，还有人。照片上的人我一个都不认识。在这栋房子里，我看到的唯一一张杰克的照片，就是在楼下壁炉边的那张，他说是他小时候的那张。但肯定不是，我可以肯定，这么说来我连一张杰克的照片都没见到。他很害羞，我知道，但总该有一张吧。

我从架子上拿起一个相框，是个金发女孩，她系着蓝色大方巾做发箍，扎在前面。这是他的高中女友？她应该深爱着他，至少杰克是这么宣称的，然而这段关系对他而言并不如对她那么有意义。我把照片拿近了看，几乎贴在鼻子上。杰克说的那个女孩一头黑发，个子高挑。但照片上的人和我一样是金发，而且瘦小。她是谁？

我注意到了背景里的另一个人，是个男人，但不是杰克。照片里他看着那个女孩，他和女孩有某种关系，他站得离女孩不远，看着她。照片是杰克拍的吗？

一只手放在了我的肩上，我跳了起来。

不是杰克，是他爸爸。"您吓到我了。"我说。

"抱歉，我以为你和杰克在一起。"

我把照片放回架子，它却掉在了地板上，我弯下腰捡起相框。

当我转向杰克爸爸时，他正对着我笑。他的前额多了块创可贴，就贴在原来那块上面。

"我并没有想要吓唬你，我只是不确定你还好吗。你看起来在发抖。"

"我很好。我想只是有点儿冷吧。我在等杰克，我还没有参观他的房间，所以就想……我真的在发抖？"

"从背后看，感觉挺像——稍稍有些。"

我不知道他在说什么，我没有抖动身体。怎么可能？冷吗？或许吧。吃晚饭前我就开始觉得冷了。

"你确定没事？"

"嗯，我挺好。"他没说错，我低下头，发现自己的手在颤抖，我把手藏到身后。

"他以前经常待在这里。慢慢地，我们把房间变成了客房。"

杰克爸爸说，"让客人住进来总让我们觉得不对劲，尤其这个房间仍然留着一个书呆子般的高中生的感觉。杰克一直很喜爱他的书和故事，还写进了他的日记。这种方式令他安心，他喜欢这样处理事情。"

"那很好啊。我看他现在还是喜欢写东西。他在写作上花的时间挺多的。"

"这是他理解世界的方式。"

在他这样说起杰克的时候，我感受到了什么，那是对杰克的情感。

"这里很安静，"我说，"位于这栋房子的背面。很适合写东西。"

"是啊，也非常适合睡觉。但对于杰克，你应该也知道，他睡不好。欢迎你们在这里过夜，我们希望你们住这儿，不用赶回去。我和杰克说过，我们希望你住下。明天的早餐够你们吃的。你要不要来杯咖啡？"

"好的，谢谢。还是让杰克来决定吧。我很喜欢咖啡。不过杰克明早还要上班。"

"是吗？"他爸爸带着迷惑的表情说道，"不管怎么说，如果你们能留下就太好了，就算只有一晚。并且，我希望你知道，你能来这儿真的令我们很开心。你在做的这些都令我们很开心。"

我把几绺头发捋到耳后。我正在做什么吗？我不确定自己的理解。"这儿很好，很高兴见到您。"

"对杰克来说，这一切都很好。你和他非常般配。很久以来……不过，最终，我确实觉得这样对他来说很好。我们一直怀着希望。"

"他常常谈起农场。"

"你愿意来这里看看，让他很激动。我们盼你来盼了很久。我们都开始觉得他没法带你回来了，在等了这么久之后。"

"是啊，"我只能这么回答，"我明白。"他们等了多久？

杰克爸爸看了看身后，然后向我走近了一步。他离我那么近，我一伸手就能碰到他。"她没有疯，你知道的。你应该知道，今晚我很抱歉。"

"什么？"

"我指我太太。我知道看起来是什么情况，我知道你怎么想，抱歉。你觉得她快疯了，或者有精神疾病，但没有。那只是风言风语，她的压力一直很大。"

再一次，我不知道该怎么回答。"我没有这么想。"我说。这是实话，我不确定自己在想什么。

"她的头脑还是很敏捷的。我知道她提到了那些声音，但没有听起来那么夸张。只是一些耳语，一些嘟囔，你知道。她和它们……讨论事情，和那些密语，有时候只是呼吸声。没什么害处。"

"不过应该还是挺痛苦的。"我说。

"如果她的听力继续恶化,医生会给她植入人工电子耳蜗。"

"我想象不出会是什么样子。"

"还有,她整天笑嘻嘻的,我知道看起来有点儿不正常,不过她就是这样子。我之前也挺难受的,但现在习惯了。真可怜。她老是笑,脸部机能有些损伤。不过你会习惯的。"

"我没注意,或者说没太关注。"

"对杰克来说你真的很好,"他转向房门,"你们很般配。其实不需要我多说。有些事情,比如数学和音乐,你们能聊到一起的,对吧?"

我笑着点了点头,又笑了一下,我不知道还能怎么办:"非常高兴能认识杰克,然后现在又认识了您和他的母亲。"

"我们都很喜欢你,尤其小杰克。很合情合理,他需要你。"

我继续保持微笑,这个表情我自己都停不了。

我打算走,我想离开这里。我已经穿上了外套,杰克在门外暖车。我还在等他妈妈,我得和她道个别,但她回厨房打包剩菜,想让我们带着吃。我并不想拿,但该怎么拒绝?于是我只好站在这里,一个人。我折腾着外套上的拉链,上上下下。应该由我去暖车,让他在这里等。

她急匆匆地出了厨房。"我每种都放了些,"她说,"也放了些蛋糕。"她递给我一盘裹着锡纸的食物，"端稳了，不然会弄脏手。"

"好的。再次谢谢你们的款待。"

"还不错，对吧。你真的确定不留宿一晚？真心希望你们能住在这里，我们早就收拾好了房间。"

她近乎恳求。她现在离我非常近，我能更清晰地看到她脸上的线条和皱纹，她看起来很疲惫。我不希望最后记住的是这样的她。

"我们很想住下来，但我想杰克不得不回去。"

我们站了一会儿，接着她靠过来给了我一个拥抱。我们就这样保持着这个姿势，她在我耳旁压低声音说着她是多么不希望我走。我发现自己也在做和她一样的事。今晚第一次，我闻到了她的香水味，是百合香，我能分辨这个气味。

"等等，我差点儿忘了，"她说，"先别走。"

她放开我，转身又一头扎进了厨房。杰克爸爸在哪儿？我闻到了盘子里食物的味道，但实在引不起我的食欲。我希望回程时车里可别弥漫着这股味道，或许我们可以放进后备箱。

杰克妈妈又回来了："我希望今晚你能带上这个。"

她递了张纸给我。纸是折起来的，折了好几折，小得完全可以塞进口袋。

"噢，谢谢，"我说，"谢谢您。"

"我现在忘了，当然，到底有多久，不过我确实计划了挺长时间。"

我想打开。她举起手："不，不。别在这里打开！现在还不行！"

"嗯？"

"是给你的一个惊喜。等你到了之后再打开。"

"等我到哪里？"

她只是保持微笑，没有回答。随后她说道："是一幅画。"

"谢谢。是您画的吗？"

"杰克小时候，我经常和他一起画画，一画就是几个小时。他喜欢艺术。"

他们是在那个阴冷的地下室一起画画的？我有些怀疑。

"我们有个工作间，很安静。从前那里是这栋房子里我们最喜欢的房间。"

"从前？"

"现在。从前。哦，我也说不清，你最好问杰克。"

她的眼睛开始湿润，我真担心她马上就会哭出来。

"谢谢您的礼物，"我说，"您真好。我想，我们都很感谢您。谢谢。"

"这是给的，只给你一个人，是一张画像，"她说，"杰克的画像。"

. . . .

事实上，我们没有再提那个晚上的事。我们没有再谈论过他的父母，我以为我们回到车里就会开始回顾这个夜晚。我想问他关于他妈妈的事，关于地下室的事，告诉他我在他的房间里和他爸爸的对话，还有他妈妈拥抱我的方式，以及那个礼物。有很多事我想问，但我们已经回到车里一段时间了。有多久？我不太清楚。但现在我渐渐失去动力去谈论了，我的兴致消退了。我应该等到明天我恢复精力之后，再提及这些事吗？

很高兴我们没在那里过夜，我有种释然的感觉。杰克会和我一起挤在那张单人床上吗？我并不是不喜欢他父母，但他们真的很怪，让我感到疲于应付，而且今晚我想睡自己的床。我想一个人待着。

我无法想象早晨起床后就得和他父母聊个天之类的，这超出了我的忍耐限度。那房子也很冷，很暗。我们刚进去时感觉还有点儿暖和，但待得越久，我越能感觉到风在灌进来。我应该睡不了好觉。

"泪滴的形状很符合空气动力学，"杰克说，"汽车都应该造成那个形状。"

"什么？"这话出现得没有上下文，而我还沉浸在刚刚过去的晚上发生的所有事情里。杰克几乎安静了一个晚上，我依然不知道为什么。那个家里的每个人都有些局促不安，当然，这是我第一次见他们。但显而易见，他的话少了很多，存在感减弱了不少。

我需要睡眠。两三个晚上连续不被打扰的睡眠才能把精力补回来。不能胡思乱想，不能做梦，不能有电话，不能被打扰，不能有噩梦。这几周我都睡得很差，可能还会持续更长时间。

"现在市场上还能看到那种以省油为设计理念和营销策略的车，简直可笑。你看这辆，多像个盒子。"杰克指了指我右边的窗外，但外面太暗了，我什么都看不清。

"我不介意存在一些独特的东西，"我说，"即使非常独特。我喜欢不一样的东西。"

"从定义的角度来说，没有什么东西是非常独特的。要么独特，要么不独特。"

"好的，好的，我懂了。"我已经累得不想争论了。

"而且汽车不应该独特。估计汽车司机会一边抱怨着全球气候变暖，一边又想要一辆'独特的'车。每辆车都应该造成泪滴形状，那样才能真正告诉世人，我们在认真地降低油耗。"

他又变回了杰克式的说话方式。我其实并不在意油耗问题，无论现在还是在以前那些美好的时刻。我现在只想说些在他父母的屋子里发生的事儿，然后回到家里睡觉。

"你衣柜上放着的照片里的那个女孩是谁？"

"什么照片？什么女孩？"

"一个金发女孩，站在田里，也可能在田边。你房间里的那张照片。"

"丝黛芬，我想是。为什么你会问？"

"有点儿好奇。她挺漂亮的。"

"她确实迷人，但我从没觉得她漂亮。"

她非常漂亮。"你没有和她约过会吗？还是说你们只是朋友？"

"我们以前是朋友。后来高中毕业后，约会过一段时间，只是一小段时间。"

"她也读生物化学专业？"

"不，音乐专业。她是个音乐家。"

"哪种类型的？"

"她会很多种乐器，受过专业培训，是她把我引入了那些古老音乐的世界。你知道的，那些旧时代的乡村乐，多莉·帕顿[1]之类的。那些歌里有故事。"

"你现在还会见她吗？"

"不会。我们早就不见面了。"

---

[1] 多莉·帕顿（Dolly Parton）（1946— ），美国唱作型乡村音乐女歌手。代表作 *Joshua*。

他没有看我，而是直直地看着路面，他在咬大拇指指甲。如果换个时间，换一种关系和方式，我大概会继续追问，让他招架不得，并持续不断地追问。但我知道我们现在要往哪里发展，所以这样并没有什么意义。

"背景里的人是谁？"

"什么？"

"在背景里，她背后，有个男人躺在地上，他看着她。那个人不是你。"

"我不知道。我得再看一眼那张照片才认得出。"

"你肯定认识我说的那个人。"

"我很久没看那些照片了。"

"他是唯一一个和她一起出现在照片里的人。而且很诡异，因为这个人……"我不能说出口。为什么我说不出口呢？

一分钟过去了。我觉得他想混过这个话题，不接我的茬儿，但他却开口了："可能是我的哥哥。我想我有点儿印象，他应该在某张照片里出现过。"

什么？杰克还有个哥哥？为什么他之前完全没提起？

"我不知道你还有个哥哥。"

"我以为你知道。"

"不！这也太奇怪了。我怎么完全不知道呢？"

我开玩笑地说。但杰克说得一本正经，所以我大概不该开玩笑。

"你们两个关系好吗？"

"我觉得不怎么样。"

"为什么？"

"因为一些家庭琐事，这有些复杂。他长得像我妈妈。"

"而你不像？"

他看了我一眼，随后视线又回到了路面。

这里就我们两个。在那辆盒子一样的车之后，我们没有碰到过几辆车。杰克专注地看着前方，他没有看我，只是开口问道："你觉得算不算正常？"

"什么？"

"我家，我父母。"

"你说的正常是指哪些方面？"

"回答就行。我想知道。"

"当然。大多数方面，是的。"

我不想说出我的真实感受。不是现在，不是在我们最后一次一起去农场后的现在。

"我不是想打听什么，不过，你有个哥哥，他有多像你妈妈？"

我不知道他会怎么回答这个问题。我觉得他想把话题从他哥哥身上转移开来。但我认为现在是了解这件事的最佳时机，唯一时机。

杰克用手擦了擦前额，另一只手还扶在方向盘上。

"几年前，我哥哥出了些问题，当时我们都觉得不算严重。他从来都是孤零零的一个人，没法和别人相处，我们以为他得了抑郁症。之后他开始跟着我，虽然没有什么危险举动，但跟着我这个行为太奇怪了。我让他别这样，他不理我。没有更好的解决方法，我只能把他清离出我的生活，隔绝他。他并不是无法照顾自己，他可以的。我不相信他有严重的精神疾病，这不会危及生命的。我认为他可以恢复，我相信他是个天才，他只是很不快乐而已。总是孤单一人确实会痛苦，不和别人相处确实会难过，一个人可以这么过一阵子，但……我哥哥非常不快乐，非常孤独。他需要一些东西，他想要一些我无法给予的东西。现在，这已经不是什么大问题了。不过在当时，这确实改变了我家里的气氛。"

这是个大问题。我觉得我开始了解他父母了，以及杰克，就在刚才的三十秒时间里。我似乎抓住了什么，我不想让它就这样溜走。这可能会影响我，影响我们，影响我一直在思考的那个问题。"你说的他跟着你，具体是怎么跟的？"

"这已经无关紧要了。他现在不会再跟着我了，都过去了。"

"但我想知道。"

杰克把广播声调高了一些，只是一点点，但因为我们在说话，就显得吵了。

"我哥哥当时快当上正教授了，但他无法掌控外部环境。

他不得不放弃工作，他是能做好这份工作的，但其他事情，像是和助手们一起开展工作之类，对他来说太困难了。每天一想到要和别人互动交流，他就会很焦虑。最奇怪的一点是，他喜欢他们，但他就是没法和他们正常交流。你明白的，就像那些正常人一样，聊天什么的。"

我发现杰克边说话边开始给车加速。我觉得他没有意识到自己开得有多快。

"他需要谋生，但得先找个新工作，不用说话交流，让他可以对着墙壁干活的那种。那时候他处在一个很糟糕的境地，之后他就开始跟着我，对我说话，向我发号施令，就像我脑袋里有个声音一样，阴魂不散。他扰乱了我的生活，就好像在故意搞破坏似的。诸如此类细节。"

"他是怎么做的？"

我们的速度还在加快。

"他开始穿我的衣服。"

"穿你的衣服？"

"我刚才说了，他有些问题，那时候有些问题。我不认为是永久性的，他现在好多了，都好了。"

"在他生病之前，你们两个关系好吗？"

"我们从来都不怎么亲密，但一直相处融洽。我们都很聪明，有竞争意识，这成了我们之间的纽带。我不清楚，我从来没想过会这样——我指他生病这件事。他只是有点儿迷失方向，这可以理解。但这会让你陷入认知他人的疑惑中，他可是我哥哥。但我现在都不确定，曾经是不是真正了解他。"

"一定很难受，对你们每一个人来说。"

"是的。"

杰克看起来没有再提速了，但我们依然开得太快。这不是什么好事，尤其外面这么黑。

"所以，你爸说你妈压力很大就是指这件事？"

"他什么时候对你说的？他为什么和你说这个？"

他更用力地踩着油门，这次我都能听到引擎加速了。

"他看见我在你房里，就进来和我说话。他提到你妈妈的情况。没有很具体，不过……我们开得有多快，杰克？"

"他提到'拔毛发癖'了吗？"

"什么？"

"她经常拔自己的毛发，我哥哥也有这个症状。她很清楚自己的问题，她几乎拔光了自己的眉毛和睫毛，又开始拔头发了。今晚我看到了几块发量稀少的圆斑。"

"那太糟了。"

"我妈妈很脆弱，但她会好起来的。我没想到会这么严重，否则就不会请你来家里了。真的没想到今晚的气氛会这么紧张，不知为什么，按我的设想，今晚不该是这样的。但我确实希望你亲眼看看我成长的地方。"

这是今晚从我们抵达他家到现在，我感觉最接近杰克的时刻。他将我带入了他的生活，我非常感谢他的坦诚。他不需要告诉我这些，这种事无论提及还是想到，都令人痛苦。这种事，这种感觉，会扰乱一切。或许我还没有准备好，无论是关于他，关于我们，还是关于结束我们的关系。

"不同的家庭有不同的奇怪之处。所有都是。"

"谢谢你能来，"他说，"真的。"

我感觉到一只手放在了我的手上。

——我们差不多与每个和他共事过的人都谈了，现在可以开始拼整信息了。他身体出了问题，有一些症状，这个大家都发觉了。他的手臂和脖子上出现了皮疹，他的前额容易出汗。有人几周前看到他坐在书桌前，一脸呆滞地看着墙壁。

——听起来像是有预兆。

——现在看来确实是。但在当时看来，那只是他的私人健康问题，没人愿意管这个闲事。曾经也发生过一些事，差不多去年吧，他在休息时会把音乐开得很响，即使别人让他调低音量，他也是无视他们，并且下次继续这样播放。

——没有人正式提出意见？

——就为了点儿音响？似乎也不是什么大事。

——我想也是。

——在我们谈话的人里，有两个人提到他有个笔记本。他经常写东西，但从没有人问他在写什么。

——没人会问，我觉得。

——我们找到了那些笔记本。

——里面有什么？

——他写的东西。

——他的笔迹非常整洁、清晰。

——内容呢？

——什么内容？

——笔记本上的内容。应该很重要吧？他写了什么？能说明什么吗？

——没错。嗯，我们还没有看。

"你想停车吃点儿甜品吗？"

谈话间，我们吃了个小面包卷，我没有再追问，也没有再提到杰克的家庭。我不该让他为难，保护隐私或许真的是件好事。尽管我还在想着他刚才说的那些，不过从真正意义上而言，我觉得自己开始了解他了，感谢他带我经历的这些，这让我产生了共鸣。

从上车到现在，我也没有再提自己的头疼。红酒可能加剧了这个症状，还有那栋老房子里的空气，整个脑袋都在疼。我只能绷紧脖子，身体微微前倾，靠分散一些压力来减轻疼痛，但也只能舒缓一些。随便动一下，一个颠簸或者扭个脑袋，都会让我不舒服。

"我们停一下好了。"我说。

"你是真的想停车？"

"我都行，不过如果你想停车的话我很乐意。"

"你这相当于没回答。"

"什么？"

"这么晚了，只有 DQ[1] 店还开着门。不过他们肯定会有些不含奶制品的产品。"这么说他还记得，记得我的乳奶不耐受症。

车外面很黑。我们比来时话少了很多，我想我们都累了。看不清是不是在下雪，我觉得在下，尽管不大，或者还没变大，只是刚开始下。我笑了起来，主要是因为自己，然后看向了窗外。

"怎么了？"他问。

"这相当好笑。在你父母家我没有吃甜品，因为蛋糕里有

---

[1] Dairy Queen，全球冰激凌和快餐连锁企业。

奶制品，而我们现在停车是为了去 DQ 吃甜食，这寒冬腊月的。一切挺好的，只是有些滑稽。"我还想到了其他一些事，不过决定还是不说了。

"我很久没吃太妃糖暴风雪了。打算点这个。"他说。太妃糖暴风雪，这个我知道，太容易猜到了。

我们靠边停了车。这里空荡荡的，转角处有个投币电话亭，另一个转角处有个金属垃圾桶。看不到其他投币电话，都拆掉了。

"我的头还在疼，"我说，"可能我太累了。"

"我以为你好些了。"

"没彻底好。"其实更糟了，近乎偏头疼。

"多疼？偏头疼那样？"

"还没这么疼。"

下车后，外面很冷，风很大。雪已经很明显下起来了，只是雪花没有直直落下，而是在空中打着转。地上还没有积雪，不过一直下的话，迟早会有积雪。那时候我很可能已经服下布洛芬躺床上了。如果明天头不痛了，早上我打算去铲雪。寒冷会让脑袋的感觉好一些。

"我觉得会有暴风雪，"杰克说，"风里透着寒气。"

看着灯火通明的 DQ 店，我有种厌恶感。显然，店里没有客人，让人不自觉地想为什么它今晚还开着。我看了下门上的营业时间，还有八分钟。门口没有安装迎客铃或是震天响的欢迎音乐装置，桌子都很干净，没有纸团，也没有空杯盘。这家店在准备打烊了。冰激凌机和冷柜发出了嗡嗡的金属振动声，很烦人，这让我想起了某种电话铃声。这里也有股味道，像是化学试剂。我们边等边抬头看着写有菜单的荧光屏。

杰克在看菜单，我通过他的眼神就能看出他什么时候会摸下巴。"我保证他们有不含奶制品的产品。"他又说了一遍。

杰克手上已经拿了一把长长的红色塑料勺，是他从自取餐具桶里抓来的。还不知道有没有我能吃的，他就给自己拿了把勺子，这让人挺不愉快的。我们还得开很长的路，如果真的有暴风雪，回程将更艰辛。或许我们应该留在农场过夜，不过当时我浑身都觉得不自在，我说不清。杰克打了个哈欠。

"你还行吗？要不要换我开车？"我问道。

"不用，我挺好。我喝得比你还少点儿。"

"我们喝得一样多。"

"但对你的影响更大一点儿，从各方面来说。"他又打了个哈欠，嘴张得更大，于是他用手遮了一下，"你看，他们有好几种果冰饮料。不含任何牛奶成分。"他说，"你会喜欢的。"

"是的，我喜欢，"我说，"来一杯吧。"

两名员工从后面的房间急匆匆地过来。感觉她们被我们打扰了，不太高兴。她们都很年轻，二十岁不到的样子，除了体型不同，各个方面都很像，她们都染了发，都穿着黑色的紧身裤和棕色皮靴。两个人都明显心不在焉，但我不怪她们。

"来一小杯果冰。那个，来两杯。中杯是多大？"杰克问。

一名女孩顺手拿起一个看起来挺大的纸杯给我们看。"中杯。"她面无表情地说。另一名女孩转身咯咯地笑了。

"好的，"他说，"一个小杯，一个中杯。"

"小杯的要草莓果冰，不要原味的，"我对女孩说道，"不含奶制品吧？"

女孩问另一个："果冰里面没有冰激凌吧？"那个女孩还在笑，一时无法回答，于是这个女孩也笑了起来。她们不停地交换着眼神。

"过敏很厉害？"第二个女孩问。

"倒不会死，不过会很难受。"

感觉她们像认识我们似的，她们也很奇怪，就好像她们父母的朋友或者老师突然出现，而不得不提供服务似的，她们就是这个反应。我看了一眼杰克，他却浑然不在意。第一个女孩看着他，和第二个女孩耳语了几句什么，她们又大笑起来。

第三个女孩出现了，她从后面走出来。她应该一直在听我们谈话，进来后一言不发地开始做我的果冰。其他两个女孩没有跟她说话，也没有向她打招呼。

第三个女孩从机器前抬起头。"抱歉，气味有些难闻，"她说，"他们正在后面涂清漆。"

涂清漆？在DQ店里？"没关系。"我回答。

我突然有了种感觉，肯定没错，我认识这个女孩。我认出了她，但不知道在哪里或是什么时候认识的。她的脸，她的头发，她的样子，我认识她。

她没有再说话，只是埋头忙着做果冰，或者在准备杯子。她按了几个按钮，掰了几个开关，她站在机器前的样子，就像在商场排队的感觉。机器操作完成后，女孩从下面拿起一个空杯接上，等着机器打出饮料。

我从来没产生过这种感觉，突然认出了一个陌生人。我不能告诉杰克，这听起来太奇怪了，真的很奇怪。

这个女孩，单薄又孱弱。有什么东西不对劲，我感觉很不好。她的头发又黑又长又直，遮住了她的背部和大半张脸，她的手小小的，没有什么饰品，没戴项链或戒指之类。她出现的时机很突然，感觉很焦躁。她起了疹子，看着还挺严重的。

疹子从她手腕上方一寸左右的地方开始，冒出了很多块，大得我一眼就发现了，越往胳膊肘处越严重，也越来越红，一直延伸到手肘。我紧紧盯着她的疹子，那看起来应该又痛又痒。疹子是干性的，连成一片，她肯定经常抓挠。我抬起头，她正看着我，瞪着我。我脸红了，眼神飘向了地面。

杰克完全没注意。我觉得她还在看我，我还听到了另一个女孩的偷笑声。

瘦弱的女孩盖上杯盖，把饮料放在柜台上。她抬起手，开始轻轻地挠皮疹。我实在看不下去了。她像是要把疹子从手臂上挖出来一样，此刻，她的手开始上下抖动。

机器继续转动，很显然没有女孩喜欢待在这里。没有谁喜欢待在这家干净异常，配有冰箱、冷柜、荧光灯以及金属装置，有红色勺子，用塑料纸包裹的吸管和灌装喷头，虽安静但却持续不断发出嗡嗡声的 DQ 店里。

如果还有两个同事对你指指点点，日子就更难过了。这是不是这个女孩焦躁不安的原因？

不只是这家 DQ 店——是这整个地方，这个小镇，如果这里能称得上是小镇的话。我不清楚是什么使一个镇成为一个镇，或是使一个镇成为一个城市，可能这里两种都算不上。这里感觉像是衰落了，隔绝了，在世界面前藏起了自己。如果无法离开这里，如果无处可去，我整个人会发霉变质。

在银色机器里，冰块被搅碎，和注入的浓缩柠檬汁以及很多糖汁混合在一起。没有奶制品，但肯定是甜的，这点我很确定。

碎果冰从机器中流进了第二个纸杯。纸杯装满后，机器停下了，那个女孩同样盖上塑料盖，然后把两个杯子都放在我面前。靠近后，她的眼神，看起来更糟。

"谢谢。"我说，伸手取饮料。我没有想着对方会回答什么，所以当她说话时我缩回了手。

"我很担心。"她嗫嚅道，更像是在对自己说话而不是对我。我打量了下周围，想看看其他女孩是否听到。她们没有关注这里，杰克也没有。

"抱歉？"

她低头看着地面，双手在身前交握。

"可能不该说这个，我知道不该说。我清楚发生了什么事，我很害怕。我知道，不是什么好事，这很糟。"

"你还好吗？"

"你不用急着走。"

我能感觉到自己的心跳。杰克应该在取吸管和纸巾，我想，我们不需要勺子。

一个女孩大笑起来，这回声音非常响。我面前这个瘦弱的女孩仍看着地面，头发遮住了她的脸。

"你在害怕什么？"

"不是我在害怕什么，而是我在替谁害怕。"

"你在替谁害怕？"

她拿起纸杯："替你。"她说着，把杯子递给我，随后又消失在了厨房里。

· · · · · · · ·

杰克和往常一样心不在焉。我们回到车上后，他一句都没有提 DQ 店里的那个女孩。很多时候，他会进入自己的世界，对外界毫不关心。

"你看到那个女孩了吗？"

"哪个？"

"那个做果冰的。"

"那里有好几个女孩。"

"但只有一个女孩在做喝的。很瘦，长头发。"

"我没注意，"他说，"我没注意。她们不都很瘦吗？"

我想再说些什么。我想说说那个女孩，她的疹子，还有她那双悲伤的眼睛。我想把她说的话告诉他，我希望她有其他人可以倾诉。我想知道她究竟为什么害怕，她说为我感到害怕，这没有理由啊。

"饮料口感怎么样？"杰克问，"太甜吗？"

"挺好的。没有特别甜。"

"我是不喜欢这种冰饮，果冰，还有雪泥，总是甜得发腻。我应该点份暴风雪。"

"想吃冰激凌的时候就吃冰激凌，这感觉是很棒的。"

"你懂我的意思。"

我晃了晃纸杯，上下抽动吸管，摩擦出一阵尖锐声。"也很酸，"我说，"人造酸味，但确实酸，比甜味还重。"

杰克的饮料放在车里的杯架里。果冰已经快化掉了，很快就会完全变成液体，而他只喝了一半："我总是不记得这东西很难喝完，小杯就够了，中杯一点儿也不划算。"

我身子前倾，把暖气温度调高。

"冷了？"杰克问。

"嗯，有点儿。可能是因为刚吃了果冰。"

"我们已经在暴风雪里了。是谁出的主意，去喝什么冰饮料？"

他抬头看着我，扬了扬他的眉毛。

"我简直不知道自己那时候在想什么，"他说，"我才喝了几口就不行了。"

"我什么都没说，"我举起两只手说，"一个字也没说。"

我们一起笑了起来。

这可能是我和杰克最后一次在一辆车里独处了，在他开着玩笑心情愉快的时候想到这个，真令人惭愧。或许我不该决定结束，或许我不该想这个，去逗他开心就行了，让我们两个都开心，享受于去了解一个人。为什么我在我们两个人的关系上增加这么多压力？或许最后我会坠入爱河，不再害怕；或许一切都会好起来；或许存在可能性；或许时间和努力可以奏效。但是，如果你无法告诉对方你的这种想法，说明了什么？

我认为这是个坏信号。如果他现在想的和我一样怎么办？如果他才是那个更想结束的人，只不过依然能感受到一些乐趣，或者还没有彻底讨厌我，所以仍和我保持关系的呢？想看看会发生什么。如果他脑子里正在想这些念头，我会格外沮丧。

我应该结束这段关系，必须结束。

每次听到"不是因为你，而是因为我自己"这种老掉牙的台词，我都会忍不住大笑，但这次真的就是这样。杰克一直都是杰克，一个非常好的人，他聪明英俊，特立独行。如果他是个混蛋，或者又蠢又作又丑之类的，那就可以把结束关系的部分原因归咎于他了。但他完全没有，他是个不错的人，只是我觉得我们不合适，连接我们的某个因素没有了，或者坦白说，从来都没有过。

所以，我很可能会说：不是因为你，而是因为我自己。是我的错，是我有问题，这对你很不公平，你是个好人。我需要解决自己的问题，你应该继续过好你的人生。我们努力过，尝试过了，但你永远不知道未来会发生什么。

"看来你的饮料完了。"杰克说。

我发现自己把纸杯放进了杯架，冰都化了。我的完了，完了。

"我觉得很冷。一边看着东西融化，一边感觉到冷，这真有意思。"

"看来刚才不该停车。"他看着我，"抱歉。"

"至少我以后可以说，在一个不知名的地方，我冒着暴风雪下车去了 DQ。不过我以后不会再做这事了。"

"我们应该把杯子扔了。它们融化时会把杯架弄得黏糊糊的。"

"是啊。"我说。

"我想我知道可以去哪里。"

"你是指扔这些杯子？"

"我们继续向前开，前面左边有条路，沿那条路开一段后会有个学校，是个高中。我们可以在那里把杯子扔了。"

扔杯子真的有那么重要？为什么我们要特地为了这事停车？

"那儿不远吧？"我问道，"这雪看起来不会变小，我想快点儿回家。"

"不太远，我觉得。我不想就这么把杯子从窗户扔出去。这样也能让你多看看这个地方。"

我不知道他说的"多看看这个地方"是不是开玩笑。我看向窗外，只有暴风雪和一片漆黑。

"你明白我的意思。"他说。

沿路又开了几分钟后，我们往左转了向，杰克决定的。如果说之前那条路是乡村小路的话，那么现在这条路重新定义了乡村小路的意思，它窄得都无法并排开两辆车。路两边都是树，是个树林。

"从这边走，"杰克说，"我现在想起来了。"

"你没去过这个学校，是吧？离你家够远的。"

"我没读过这个学校，不过我以前曾经开车经过这里。"

这条路相当窄，而且蛇形迂回，只能看得见车灯照得到的地方。树木把路变回了林地，能见度几乎为零。我把手背搭在车窗上，窗玻璃冰冷。

"还要开多久，确切的时间？"

"我觉得不远了，记不清了。"

我想知道我们为什么会来这里。为什么就不能让饮料融化？我真的很想回家好好洗个澡，而不是花时间深入这片地方。真是莫名其妙，我希望尽快结束这个行为。

"我猜这里白天风景很好，"我说，"很宁静。"我想表达得积极一些。

"是啊，这里很偏僻。"

"路况怎么样？"

"一塌糊涂，很滑，这里的雪没有铲过，我慢慢开。学校应该不远了，抱歉，我以为它会更近一点儿。"

我开始焦虑，不是真正的焦虑症，而是确实有情绪。这个夜晚太长了。开车去农场，在农场散步，见他父母，他父母说的话，他哥哥，以及一路上我都在思考的分手决定，每件事都让人焦虑，包括现在的绕路。

"看，"他说道，"我知道它。就在那儿，我知道它的。你看到了吗？就是那个。"

前方几百码[1]的地方，右边，有一幢很大的建筑物，其他的看不太清。

终于到了，然后我们就能回家了。

. . . .

他最终还是对的，看到学校后我很高兴。学校很大，每天可能得有两千名学生在里面上课、活动。这应该是那种传统的大型乡村学校，我不太清楚它面向的是什么群体的学生，不过校园真的非常大，而且还建在这么一条又长又窄的路边。

"你没想到是这样的学校吧？"杰克说。

我其实并不确定自己想象的学校是什么样，但确实不是这样的。

"一个学校为什么建在这么一个什么都没有的地方？"

"我们找个地方把杯子扔了吧。"

杰克减了车速，我们慢慢地经过校园。

"那儿，"我说，"就那儿。"

那里有个自行车架，锁着一辆单齿轮自行车，旁边一长排窗户前放着一个绿色的垃圾桶。

"没错，"他说，"等一下，我马上就回来。"

---

[1] 1 码 = 0.9144 米。

他用大拇指和食指捏起两个杯子，拿膝盖顶开门，走下了车，随后是一下重重的关门声。他下车时没有熄火。

我看着他经过自行车架向垃圾桶走去。他走路的姿势像鸽子一样，肩膀耸起，头向前冲，走起路来轻飘飘。如果现在是我第一次看见他走路，一定会觉得他是因为天冷和下雪才这样，其实他平时也是这个姿势。我很清楚他走路的样子，他的姿态，我一眼就能认出来。他走路是那种慢悠悠迈大步式的方式，如果把他和其他人放上跑步机，只让我看到他们的腿脚，只看跑步方式我就能马上认出他来。

我透过挡风玻璃看着雨刮器，它们发出了机械的刮擦声。杰克一只手拎着杯子，另一只手掀起了垃圾桶盖，他正在看向垃圾桶内部。扔啊，快，把杯子扔进去。

他却只是站在那里。他到底在干什么？

他回头看看车又看看我，耸了耸肩，就把盖子盖回垃圾桶，笔直向前走去，离车越来越远。他要去哪里？他在转角处停了一会儿，然后右转走出了我的视线。纸杯还在他手里。

为什么他不扔了？

外面很黑，没有灯光。我想这条乡村小路就没有路灯，来的时候也没怎么注意，唯一的灯光是来自学校大楼屋顶的黄色探照灯。杰克之前提到过，到了晚上，乡下都是一片漆黑，在农场的时候感觉还没有这么明显，在这里，真的是彻底一片漆黑了。

他去哪里了？我向左靠去，关掉了前灯，眼前的东西消失了一大片，整所学校只剩一个光源。无边的黑暗，无边的空间，雪已经下得非常大了。

我从来没有在哪个学校的露天场所待到这么晚过，更不用说在一个不知名的乡村学校。谁会来这所学校读书？肯定是农民的孩子。他们肯定是坐校车来上学的，但这附近没有房屋，什么都没有。只有一条路，许多树，以及成片的田地。

我记起以前高中的时候，有一次我必须在晚上回学校。放学后，有时我会在学校多待差不多一个小时，参加活动或是开会，那时候感觉和正常的上学时间没有区别。但有一次，我在晚饭后回到学校，当时大家都回家了，天也变黑了，没有老师，没有学生。当时我把什么东西落在了学校，不过现在记不得了。

我很惊讶学校大门居然开着。刚开始我以为门锁了，只能敲门。这时候敲学校大门听起来挺奇怪的，但我还是敲了。

然后我拽住门把手，门就开了，我溜进了学校。里面非常安静，空无一人，和学校平时的热闹完全相反。我从来没有一个人在学校里待过。

我的柜子在教学楼的另一头，于是我只能一个人行走在空空荡荡的过道里。经过英语教室后应该右转的，但我停在了教室门前。所有的椅子都摆在了桌子上，所有的垃圾桶都放在了教室外的过道里，就在我边上，有位校工正在教室里打扫。我知道我不该在那里出现，但还是停在了门口。我看着他，看了好一会儿。

他戴着眼镜，头发乱糟糟的。当时他正在拖地，动作不疾不徐。之前我从来没有想过为什么教室始终都那么干净。每天我们来这里上课，占着教室，然后把这里弄得乱糟糟的，然后就放学回家了。第二天，当我们到校上课时，教室已经恢复整洁，我们再一次弄得乱七八糟。然后又过了一天，所有我们留下的脏乱再一次消失。我从来没有注意过这些事，我们都不会注意，没人收拾才会引起注意。

校工打扫的时候，一台手提录音机正在播放着磁带的内容，不是音乐而是故事，是有声书，音量很大。只有一个声音，一名朗读者。校工一丝不苟地干着活，丝毫没有看见我。

. . . .

那些女孩，DQ 店里的那几个，可能就是这所学校的学生。感觉她们上学的距离很远，不过 DQ 店那里已经是最近的一个镇了。我重新打开了前灯，杰克去哪里了？他在干吗？

我打开车门。雪显然更大了，很快就打湿了车门。我探出车外，眯着眼想分辨黑暗。

"杰克？你在干什么？回答我。"

没有回答。我迎风竖起耳朵，开着车门撑了几秒。

"杰克，我们走！"

没有声音。

我关上车门。我不知自己身处何处，也不觉得自己能在地图上找出方位。我知道自己应付不了，这地方也可能不在地图上。杰克抛下了我，现在只剩我一个了，只有我和这辆车。我完全没见到有车辆经过，尽管我一直在留意，显然这条路上没有车，至少半夜没有。我不记得上一次在一个不明地点坐在车里是什么时候的事了。我靠过去按喇叭，一次，两次，第三次我按着喇叭没有松手。我本该躺在床上的。

这是哪里？我分不清这是在哪里。不是哪个城市或镇子，这里满是田野、树木、大雪、狂风、天空，但又哪儿都不是。如果 DQ 店里的那几个女孩看见我们在这里，她们会怎么想？那个起疹子的、肿起了风团的女孩，她一定会纳闷我们为什么半夜停在这里，为什么停在了她的高中学校。我很在意这个女孩，我想和她多聊几句。为什么她对我说那些？为什么她会害怕？或许我能帮助她，或许我应该做些什么。

我猜想学校的氛围对她来说并不友好，她可能很孤独，我打赌她不喜欢这儿。她应该既聪明又有能力，但出于某种原因，她更喜欢放学而不是上学的感觉。如果能在学校受到欢迎，她应该会喜欢这个地方，但我断定并没有。这些只是我的感觉，或许我过分解读了。

我拉开手提箱，里面塞满了东西，但没有常见的地图和证件,都是些揉成团的纸巾。这些纸巾用过了?或只是揉成了团?有很多张,其中一张上面还有红色的印迹。

是血迹吗?我揭开纸巾,里面还有支笔,一个记事本。记事本下面放了些照片,还有两张丢弃的糖纸。

"你在做什么?"

杰克滑进车里想要坐下。他的脸冻得通红,头上肩上都是雪。

"杰克!老天,吓死我了。"我关上手提箱,"你刚才在外面干什么?这么长时间,去哪儿了?"

"我终于把杯子扔掉了。"

"走吧,"我说,"上车,快。我们走。"

关上车门后,他越过我打开手提箱,看了两眼,又关上了。他身上的雪开始融化,刘海乱成一团粘在额头上,眼镜在车里也起了雾。杰克真的是相当帅气,尤其在他面颊绯红的此刻。

"你为什么不把杯子扔进那个垃圾桶?你都到那儿了。我看见的。"

"那个不是垃圾桶。你在手提箱里找什么?"

"没找什么,只是看看,我在等你。那个不是垃圾桶是什么?"

"那个桶里装满了路面用盐,是为防止道路结冰准备的。我猜后面应该有个大垃圾桶。"他说着摘下眼镜。他好不容易才在外套下找到一个合适的衬衫来擦眼镜。我以前也见他这样干过，用衬衫擦眼镜。

"果然有，一个大垃圾桶。不过我多走了几步路，后面有一大片空地，连绵不绝，我看不到尽头。"

"我不喜欢这里。"我说道，"我完全不知道你在干什么，你肯定冻僵了。为什么在这个什么都没有的地方建这么大一所学校？附近连一栋房子都没有。建学校总是因为附近有房子，有人住，有孩子啊。"

"这所学校年头很久了，所以外形这么斑驳粗糙。方圆四十英里内的乡村儿童都来这里上学。"

"或许，过去是这样。"

"你的意思是？"

"我们都不清楚这里是不是还在使用吧？学校可能已经关门了，只是还没拆除。你刚才还说这里很旧，我说不清，只是感觉这里已经废弃，没有人用了。"

"可能只是放假的关系，很可能。难道其他学校也都不开门了？"

"不知道，我只是表达了我的感觉。"

"如果这所学校已经不运营了，为什么有人在那个桶里装路面用盐？"

说得没错，我无法解释。

"这里湿气很重。"杰克说。他正在用衬衫底边擦脸，眼镜还拿在手里，"刚才那里有辆货车返回了。所以，很不幸，你关于这个学校废弃良久、人去楼空的理论是胡说八道。"

他在我认识的人里是唯一会这么用"不幸"这个词的，还有"胡说八道"。

"返回哪里？"

"返回学校后面，我找到垃圾桶的地方。那里有辆黑色卡车。"

"真的？"

"是啊，一辆生锈的老式皮卡。"

"可能只是被扔在那儿了。如果是辆备用车，把车扔在荒郊野岭的破旧学校后面是个不错的选择，那里可能是最适合的地点。"

杰克看着我，他在思考。我以前见过这个表情，我了解这种表情，也很喜欢，每次看到都被深深吸引，既讨人喜欢又令人欣慰，让我觉得他在这里是件好事。他重新戴上了眼镜。

"排气管在滴水。"

"所以呢？"

"所以，这辆卡车是被开过去的。排气管有水珠凝聚，表明引擎之前刚运行过。车不是废置在那里的。我想雪地里可能会留下车辙，至少可以肯定排气管在滴水。"

我不知道该怎么说，我已经没兴趣了："是说，那意味着，一辆卡车？"

"意味着那里有人，"他说，"可能是工人，我不清楚，类似这样的人。总之，这个学校里有人。"

我等了一会儿才开口。杰克有点儿紧张，我敢保证。但我不知道具体原因。

"不，有很多可能。可能是——"

"不，"他猛一击掌，"只有一种可能，有人在，那个人不得不在这里。如果他有其他地方可去，任何地方，他都不会在这里。"

"好吧，我只是说说，我也不知道。或许那是个停共享车辆的地方，正好有辆车留下了，或者有其他可能。"

"他一个人在那儿，还在工作，比如校工。他放学后开始打扫学校，大家都睡觉了，他整晚都得工作。堵塞的马桶、垃圾桶、吃剩的食物，还有那些小男孩为了好玩就尿在地上的厕所。想想这些。"

我扭头看向窗外的学校。这么大的教学楼，想保持干净一定非常辛苦。那么多学生待了一天，肯定满地狼藉，尤其是厕所和餐厅。然而，只有一个人负责打扫收拾？用这几个小时的时间？"不管怎么说，和我们无关，我们走吧。我们已经晚了，你明天还有工作。"

还有我的头部，又开始抽痛了。我们离开 DQ 店，杰克第一次拔了钥匙放进口袋。我都忘了之前没熄火。有时甚至直到声音消失了才会注意到。"我们干吗急着回去？还没到深夜。"

"什么？"

"没那么晚，而且还在下雪。我们已经到这里了，这是个好地方，很隐蔽。就让我们待上一会儿吧。"

我不想争吵，无论是在这个时间还是在这个地方，尤其在我确定自己和杰克必须结束之后。我又转头看向窗外，这种情况下怎么结束？我大笑了起来。

"怎么了？"杰克问道。

"没什么，只是……"

"只是什么？"

"真的没什么。我只是想起了工作时发生的好笑的事。"

他看我的眼神就好像是，谁会相信有人会说出这么一戳就穿的谎话。

"你对农场的印象怎么样？还有我父母？"

现在问我这个？过了这么长时间之后？我犹豫不决："能看看你成长的地方，很有意思。我之前告诉你了。"

"你有没有想过会是这样的？和你想象的一样吗？"

"我不知道我想象的是什么样。我没有在乡村待过多少时间，包括农场，真的不知道农场应该是什么样的。应该和我想的差不多，我想，没错。"

"有没有让你吃惊？"

我向左转了下座位方向，面向杰克。奇怪的问题，不像杰克会问的，农场当然和我想的不一样。"为什么你觉得我会吃惊？为什么？"

"我只是好奇你是怎么想的。那里看起来是不是一个适合孩子成长的地方？"

"你父母都很亲切，很感谢他们邀请我。我喜欢你爸爸的眼镜链，他的打扮很复古，他还请我们住一晚呢。"

"真的？"

"是啊。他还说他会冲咖啡。"

"你觉得他们看起来快乐吗？"

"你的家人？"

"嗯，我很好奇。我一直在思考他们的事，他们是不是快乐，他们生活在压力下，这让我很担心。"

"他们看起来还好。你妈妈过得比较辛苦，不过有你爸爸支撑着她。"

他们是不是快乐？我不确定。他父母看起来没什么不开心的。虽然有争执，我偷听到的那些，晚餐后语意不明的口角。但很难说什么是快乐，情绪是有些低落，可能和杰克的哥哥有关。我不太清楚。就像他说的，他们看起来有压力。

他一只手放在了我的腿上："我很高兴你能来。"

"我也是。"我说。

"真的,很有意义。很久以来我都希望你能看看那个地方。"

他靠过来亲吻我的脖子,出人意料。我整个人紧绷起来,抵住椅背。他靠得更近了,把我拉了过去。他的手伸进我的衬衣,覆在我的文胸上,然后往下滑去,接着他的手开始在我的腹部游荡,随后是我的腰,我的背。

他的左手轻敲我的脸颊,随即滑向脑后,抚弄起我耳后的头发。我把头倒向椅背,他从耳背开始亲吻我的耳垂。

"杰克。"我出声道。

杰克整个拉开了我的外套,把我的衬衣从头上褪去。衬衣挡住我们时,短暂地停了一下,然后他粗暴地扯走衬衣扔在我脚边。感觉很好,他的手,他的脸。我不该做这些,在这个我满脑子想分手的时刻。但此刻,他给我的感觉太棒了。

他吻着我赤裸的颈窝,嘴唇在我的脖子和肩膀间来回游移。

看来现在下决断还为时过早,又有什么关系呢?老天。我只希望他能继续下去,我想让他一直吻我。

"丝黛芬。"他喃喃道。

我顿住,问:"什么?"

他呻吟了一声,继续吻我的脖子。

"你刚才在说什么?"

"没什么。"

他对着我叫丝黛芬？我没听错？他开始吻我的胸部，我把头倒向椅子，闭上了双眼。

"活见鬼！"他说。

杰克突然紧张起来，缩了回去，随后又靠过来遮住我的身体。我狠狠打了个寒战。他用手擦了擦窗户，拭去玻璃上的雾气。

"活见鬼！"他重复了一遍，骂得更大声了。

"怎么了？"我伸手去捡脚边的衬衫，"什么事？"

"妈的，"他说着，仍然覆在我身上，"就像我说的，学校里有人。坐起来，快，穿上衣服，快点儿。"

"怎么了？"

"我不想吓到你，快坐好。他能看见我们，他一直在偷窥。"

"杰克？你在说什么？"

"他一直看着我们。"

我感到很不安，胃里仿佛有东西塞住了。

"我找不到衬衫。应该就在地上哪里。"

"我越过你的肩膀抬头的时候看到了人影，是个男人。"

"男人？"

"一个男人。他站在那扇窗户边，就那儿，没有动，只是看着，看着车，看着我们。他能看见我们。"

"吓死我了，杰克。我讨厌这种事。他为什么一直看着我们？"

"我不知道，但这肯定不对。"

杰克有些慌乱，有些沮丧。

"你确定那儿有人？我没看见。"

我把椅子转向学校的方向。我尽量保持平静，免得他再受打击。我看见了他说的那扇窗户，但那里没有人，什么都没有。不过，如果有人在那里的话，他们很容易就能看见我们。

"我很确定，我看见他了。他正……盯着我们看，感觉看得很高兴。太恶心了。"

我终于找到了我的衬衫，赶紧套上。熄火后车里越来越冷，我得把外套也穿上。

"放轻松，我们走吧。就像你说的，可能是哪个无所事事的看门人。可能他这辈子也没这么晚在这里见到过人。就这样。"

"放轻松？这个该死的混蛋。他完全不在乎。他完全没想过我们好不好。他一点儿都不无所事事，他在看我们做。"

"什么意思？"

"他在色眯眯地笑。太扯了。"

我双手掩面闭上了眼："杰克，我不在乎。我们走吧。"

"我在乎。他就是个该死的变态。他在那儿干了点儿什么，我敢保证。那家伙太可恶了，他乐呵呵地看我们做爱。"

"你怎么知道？"

"我看见他了。我了解他这种人，他应该感到害臊。他的手在动，有规律地起伏，他心里很清楚。"

"冷静一下。我觉得他应该没干什么。你怎么可能这么确定？"

"我没法当没看见，没法。我看见他了。"

"杰克，我们离开这里好不好？我求你。我们走吧。"

"我得去给他点儿颜色瞧瞧。他不该这样。"

"你说什么？千万别。忘了它吧，我们走吧，我们走。"我想拉住他，但杰克硬生生挥开了我的手。他开始摇头晃脑，他疯了，他的眼神里透出了疯狂，他的手在发抖。

"我们哪里都不去，我得先和他谈谈。这是不对的。"

我从来没见过杰克这样，类似这样的都没有，他粗暴地推开了我的手。我得让他平静下来。

"杰克，来，看着我，只要一秒。好吗，杰克？"

"我们不走，我去找他谈谈。"

我看着他打开他那边的门，太难以置信了。发生了什么？他在干什么？我伸手抓住他的右臂。

"杰克？外面在下大雪！回车里来。忘记这事吧，杰克。我们走，我说真的。"

"在这儿等着。"

这是个命令，不是建议。他再也没有看我，重重地甩上了门。

"这是干什么？太愚蠢了！"我在空空荡荡寂静无声的车

里喊道，"老天。"

我眼睁睁看着他向教学楼走去，直到消失于我的视野。至少有一分钟的时间，我一动未动。到底发生了什么？

我很迷茫，完全不明白。我以为自己很了解杰克，觉得自己至少能预测他的情绪和反应。

我没想到他会有这么大的脾气。

我也听说过别人脾气火暴，路怒症爆发或类似的情况。无疑，杰克正处于这样的状态。无论我说什么做什么都没法把他拉回来，他决定独自处理这个事，完全不打算听我的。

我不理解他为什么一定要和那个人谈谈，或是怒吼，或者做其他举动。为什么不能让这事过去？那个人看到有辆车停在楼前，想知道车里是谁，无非如此。换成是我也会好奇的。

我想我之前并没有意识到杰克也会闹情绪。其实，我一直想要杰克有些情绪。正是因为他从来没有表露过极端的情绪，所以现在的杰克才更奇怪。我应该和他一起去，或至少提个建议，或许可以让他意识到特地去发个火有多愚蠢。

我穿上了在后排地上找到的外套。

我应该想方设法宽慰他，说个笑话什么的，这事真的发生得实在太快。我看到杰克走入那边的校舍，大雪仍在下，风也依然很大。我们甚至可能无法离开，这样的天气开不了车。

我想我能理解他为什么震怒了。他刚把我的衬衣脱了，我们正准备做爱，我们本可以做下去。杰克感觉受到了伤害，人脆弱时会丧失直观思考问题的能力。可话说回来，我才是那个脱了衬衫的人。当时我只是想快点儿离开，快点儿开走。这才是我们该做的。

杰克看见了那个人。如果是我在准备做那事的时候，抬头看见一个男人透过学校窗户盯着自己看，不管他在做什么，换成我可能也会失去理智，特别是这人还看起来很奇怪的话。我绝对会表现反常。

这个人是谁？

上夜班的人？杰克口中的校工？这是唯一合理的解释，可又有些不合时宜。

守夜人，这个职业是什么感觉啊？一个人在这里，一晚又一晚，尤其是这所学校，这个乡下地方，周围空无一人。不过，说不定他喜欢这种感觉，享受这种孤独。他可以以自己的节奏打扫学校，他只需要去做自己的工作就可以，没有人会对怎么干活或什么时候干指手画脚，只要做完就行。那是一种工作方式，他可以安排自己的例行程序，年复一年，驾轻就熟。即使周围有人出现，又有谁会注意这个守夜人呢。

这种工作我很欣赏。不是欣赏打扫拖地，而是一个人可以独立完成这份工作并适应独处的能力。他需要通宵干活，但不需要应付学生，不用看见他们有多么令人费心，是怎么弄得乱七八糟、脏兮兮的。但他心里又比谁都清楚，因为只能是他去收拾，去善后，此外别无他人。

如果能一个人工作，我想我会很乐意，我几乎可以肯定地说。不需要聊天，不需要讨论工作计划，没有人靠在你办公桌旁提问，你只需完成自己的活儿就行。如果大部分工作时间只有自己一人，并且一个人生活，事情就简单多了，每件事都能更自然一些。

不过不管怎样，整晚孤单一人，尤其是这么大的学校，这份工作实在令人毛骨悚然。我看向校舍，漆黑一片，又寂静无声，就像在这辆车里。

杰克给我唯一的一本书，是他在我们遇见的一周后送我的，名为《失败者》。作者是德国人，好像叫伯恩哈德。现在他已经死了，在杰克给我之前我从来没听说过这本书。杰克在内封上写道："又一个可悲的故事。"

整本书是一大段独白，杰克画出了一段："存在，意味着除了绝望，别无他物……因为我们本不存在，我们又不得不存在。"读完后，我始终在想这段话有何深意。又一个可悲的故事。

我听见右边传来突兀的金属叮当声，来自学校的方向。它吓了我一跳，我转向那个声响，什么都没有，除了打着旋儿的大雪。在黄色探照灯所及之处的那一边，没有任何其他动静或是灯光。我等着下一声响动。可响动再也没有出现。

窗户那里是不是有动静？说不清。我肯定听见了什么，这一点我确定。

到处都是雪，来的路几乎看不见了，虽然距离我只有五十码开外。车里实在太冷，我本能地把手放在排风口上。杰克熄了火，还带走了车钥匙，他无意识地做了这些。

又一下响亮的叮当声，接着再一下。我的心提到了嗓子眼，跳得又快又重。我再次转身看向右侧窗外，不想再这么看了，我不喜欢这样，我想走，现在我想赶快走，结束这一切。杰克在哪儿？他在干什么？他离开多久了？我们这是在哪儿？

我是那种会花大量的时间独自待着的人，我很珍惜独处的时光。杰克总是觉得我一个人待太久了，或许他是对的，我现在很不想一个人待着，不想在这里一个人待着。就如我和杰克在路上说到的，环境非常重要。

第四下声响，最响的一次，很明显是从教学楼里传来的。太蠢了，杰克才是明天一早要上班的人，不是我，我可以晚起床。我为什么要答应？我就不该和他一起来，我早就该结束我们的关系了。在这里可怎么分手？我不该答应去见他父母，去参观他长大的地方，这不公平，虽然我确实好奇。我现在应该在家里，看书或是睡觉，我不应该在这个时候好奇。我应该躺在床上了，我知道自己和杰克不可能长久，我知道，我一开始就知道。此刻，我却坐在这辆讨厌的车里，冻得要死。我打开了车门，冷风灌了进来。

"杰——克！"

没有回应。他离开多久了？十分钟？或更久？他现在是不是该回来了？一切都发生得太快，和那个男人对质的念头控制了他。他是打算和他说话？冲他喊叫？打架？还是……他到底想干什么？

杰克也许是因为其他什么东西不安，一种我没有察觉到的东西。或许我应该去楼里找他，我不能在这车里一直等着。他让我在这里等，这是他说的最后一句话。

我不介意他发疯，但他不该把我一个人留在外面，留在黑暗中，留在寒冷中。我满脑子都是分手的事，这太令人生气了。我们在一个该死的荒郊野岭，简直成了冤大头。我还要在这里坐多久？

但我还能干吗？没有其他选择，我只能乖乖等着。走路哪儿都去不了，而且又冷又黑，也没法打电话找人，因为我的破手机早就没电了。我只能等着，但我不想只是傻坐在一片寒冷中，这儿只会越来越冷。我得去找他。

我转身摸向驾驶座后面的地面，想找到杰克的羊毛帽，我们刚上车的时候我看见他放在那里了。我碰到了帽子，有点儿大，不过我需要它。我戴上了帽子，不算太大，尺寸比想象中更合适。

我打开车门，先伸了伸腿，随后站起身。我关上门，并没有狠狠甩上。

．．．．．．．．

　　我慢慢走向校舍。我在发抖，我只能听见自己踩在雪地上的嘎吱声。这是个漆黑的夜晚，漆黑一片，这里的晚上肯定一直都这么黑。我能瞥见自己呼出的气在身边变成团团水汽，雪被风吹成了斜角。有那么几秒，可能是一会儿，不确定多久，我抬头看向天空，满天繁星，我很少见到这么多星星。我以为暴风雪会带来厚厚的云层，事实上并没有，放眼所及之处，满天繁星。

　　我来到校舍窗前，用手遮住光往里看。从地板到天花板，满眼都是窗帘。透过缝隙，我没有看见人影。这个房间像是图书馆或办公室，有很多书架。我敲了敲冰冷的玻璃，又回头看看我们的车，大约距离三十英尺[1]。我又敲了敲窗，这次敲得更重。

　　我看见了那个绿色垃圾桶，我走过去打开盖子。杰克说得没错，里面装了半桶米黄色的盐。我盖上盖子，尺寸不对，盖子歪斜在桶里。我没法再回车里坐着了，我得去找杰克。我走向杰克进门的那侧校舍，路上还能依稀辨别出他的脚印。

　　我原本想在室外找到些活动的装置，不过这是所高中，外

――――――――――

1　1英尺 =0.3048 米。

面完全没有。我沿着杰克的路线在转角打了个弯，我曾恳求他一起留在车里，我们真的没必要待在这里。

　　我看见前方有两个绿色的大垃圾箱，垃圾箱另一边是无尽头的黑暗和田野。杰克应该就是在这里扔的杯子，但他人又在哪里？

　　"杰克！"我一边向垃圾箱走去一边喊道。我一阵心神不宁，我不喜欢这地方，不喜欢一个人待在这里。"你在干什么，杰克？杰——克？"

　　听不见任何声音，只有那风声。我左边有个篮球场，篮筐上没有篮网。我看见前方的田野里有个足球门柱，也没有球网，生锈的门柱孤零零地立在田野两端。

　　我们为什么停在这里？为了结束一段关系，我真的需要确认什么吗？我即将单身一段时间，也可能永远，但我喜欢那种状态。没错，我乐于一个人过，孤单而满足。单身并不是世上最糟的事，一个人也完全可以过，孤单是可以面对的。我们不可能应有尽有。我，不可能应有尽有。

　　我看见前方有扇门，过了垃圾箱就是。杰克一定是从那里进入了教学楼。

　　教学楼背后的风更加猛烈，仿佛处在风洞里一样。我不得不拉紧夹克的领子，低着头一步一个脚印地走向那扇门。

　　我们不可能继续下去，我很清楚，一开始就清楚。他对这次旅行很兴奋，认为一起出行能增进我们的感情。如果他知道了我的所思所想，一定不会带我去他父母的住处。但人很难了解他人的想法，即使关系亲密或看起来亲密。或许根本不可能，或许即使在最长久最亲密最成功的婚姻关系中，一方也不可能总是知道另一方在想些什么。我们无法潜入别人的大脑，我们永远无法真正知道别人的真实想法。然而思维举足轻重，它是真实的，行为才可能作假。

我走到窗前向里看，是一条长长的走廊，一眼看不到头，黑魆魆一片。我敲了敲玻璃，我想大喊，但心里明白这样无济于事。

走廊的远端有什么在移动，是杰克？我想不是，杰克说得没错，是其他人，有人在那里。

我猫下腰来，以免出现在窗口，心脏快跳出来了。我继续盯着屋内看，一点儿动静都听不见。那里确实有人！一个男人。

一个很高的人影，有什么东西从他手臂上垂下来。他面向我的方向，站着不动。我不认为他能看见我，距离这么远。但他为什么不动呢？他在干什么？他只是站在那里，一动不动。

他拿的应该是扫帚或拖把。我想盯着看，又突然感到很害怕，于是低下头藏在了砖墙边。我不希望他看见我，我闭上眼用手遮住了嘴。我不该在这里，实在不该。我用鼻子狠狠吸了口气，又用力呼出，焦躁不安。

我感觉自己仿佛坠落水中，正在无助地下沉。我能感到脉搏在跳动。或许他能帮我，或许我应该问问他杰克的去处。我等了大约二十秒，然后慢慢地探头想再看一眼。

他仍然在那里，同一个位置站着，看向我。我想大喊："你对杰克做了什么？"但为什么要喊？我怎么确定他对杰克做了什么？我必须保持不动和安静，我害怕极了。他看起来高高的，瘦骨嶙峋，我无法看得更清楚，走廊实在太长了。他看起来有点儿老，还有点儿驼背，穿着一条深蓝色的裤子，一件工作服样子的黑衬衫。

他手上拿的是什么？黄色手套？橡胶手套？他的前臂被黄色的东西包裹着，头上也戴着什么东西，他的脸也看不清，像是个面具。我不该张望，我应该蹲下，把自己隐藏起来。我应该想办法摆脱这事，脖子和背部一直在冒汗，我能感觉到。

他拿着拖把，他可能开始拖地了。我费力瞥了一眼，他动了，看起来就像在和拖把跳舞。

我靠着墙缩了回去，避开了他的视线。当我再次看向走廊，他已经不见了。不，他还在！在地上。他趴在地上，手臂贴在身侧，就这么趴在那里。头部像是在移动，从一侧转向另一侧，也像是在上下起伏着。这不是我愿意看到的。他在爬？是的。他在爬，沿走廊滑动，转向他的右方。

情况不妙，我得找到杰克。我们得离开这里，我们马上就得走。问题很严重。

我跑向边门，我得进去。

我拉了下门把，门开了，我走进校舍。地面上铺着瓷砖，走廊向前延伸，灯光无比昏暗，这一切无穷无尽。

"杰克？"

这里有股很明显的化学杀菌清洁用品的气味，我的脑袋对此很不适应，头疼再次被唤醒了，钝痛感依然存在。

"喂。"

我走了几步，门在我身后重重地扣上。

"杰克！"

我左边有一排木制镶玻璃的橱窗，里面陈列着各种奖杯、徽章和锦旗。前方右边，应该是个大办公室。我走到窗口向里看，无论是家具、椅子还是地毯，整个办公室看起来都旧旧的，里面还放着几张办公桌。

前方的走廊两边都是储物柜，漆成了暗沉沉的蓝色。我穿过走廊，储物柜之间隔开着好几扇门，都上了锁。灯光被挡在了外面，尽头是另一段走廊。

我试着开门，但都是锁着的。门上有扇长方形的小窗，我向里看，都是书桌和椅子，典型的教室。走廊里的灯光像是调到了最暗的档，也许是为了节约电，这让走廊显得不够亮堂。

每走一步，湿漉漉的鞋子都会和地面摩擦出声响，想保持安静很困难。在走廊的尽头有一道左右对开的门，我走到门口左右张望。

"杰克？你在吗？有人吗？喂？"

没有回答。

我穿过门后左转，又是更多的柜子。撇开地面的图案和颜色，这段走廊和刚才那段一样，走廊的尽头，有扇开着的门。门是木制的，上面没有窗，但门是完全敞开着的。我沿着走廊向前跨了一小步，敲了敲开着的木门。

"有人吗？"

首先映入我眼帘的是一只银色水桶，里面装着的水泛着灰色。这个房间给人一种熟悉感，仿佛我进之前就知道房间的布置、摆设。水桶是那种下面有四个轮子的式样，里面没有拖把。我想喊杰克，但没有喊出口。

这个房间——其实更像储藏室——大部分空着，很是破败。我又走近几步，看见对面的墙上贴着日历，水泥地中间有个下水排水口，还湿着。

房间的左后方，有张木头桌子靠墙放着，没看见椅子。桌边是个橱柜，做工不怎么精致，很普通的样式，看起来就像个直立的棺材。

我小心翼翼地跨过排水口走到门后，门后的墙上也贴了很多图片，都是照片。桌上放着脏兮兮的咖啡杯、一套银器和一个盘子，旁边的书桌上放着一台白色微波炉。我靠近那些照片，有一张拍了一个男人和一个女人，应该是一对夫妇，也可能是兄妹，他们看起来很像。男人较年长，身形很高，比那个女人高多了；女人则一头灰色直发。他们都是长脸，都没有笑容，都看不出是高兴还是不高兴，面部呆滞，毫无表情。把这样的照片贴在墙上有些奇怪，是谁的父母吗？

其他照片里，有些拍了同一个男人。他似乎没有意识到有人在给他拍照，或许他知道，但很不情愿。有张照片没有拍到他的头顶，从镜头里切出去了。另一张照片里，他坐在书桌边，可能就是这张书桌，他靠向一边，用手捂着脸，照得不是很清楚。所有照片都斑斑驳驳，褪了色。肯定是他，杰克看见的那个男人，我在走廊上看见的那个人。

我凑得更近些，仔细端详他的脸。他的眼神很悲伤，每张都是，他的眼睛里透露着什么东西。

我能感觉到我的心跳加速，我们到这儿之前他在干什么？他不可能知道我们或者说有人会来。我不认识他。

书桌中间的一沓纸旁有一块布，像抹布一样，被揉成了一团。之前都没注意到它，我拿起来看，上面很干净，摸起来很软，像是洗过无数次。

但是，不，它不是块破布，我把它展开后，发现是件小孩子穿的衬衫，淡蓝色的布料上印着白色的小圆点，一只袖子扯破了。我把衣服翻了个面，背面中间有一小点儿颜料污渍。我扔掉了衬衫，我认得这件衣服。圆点花纹，颜料污渍，我认出来了。我有件一模一样的。

这是我的衬衫，它怎么可能是我的衬衫，但的确是，是我小时候穿的，我很确定。为什么会在这里？书桌另一边放着一部小型摄像机，通过两条缆线连到一台电视机的后面。

"有人吗？"我问。

我拿起摄像机，它很旧，但相当轻。我看着电视，按下电源键，屏幕里只有雪花杂质般的画面。我想离开，我不喜欢这里，我想回家。

"喂！"我喊道，"杰克！"

我小心翼翼地把摄像机放回书桌，并按了下播放键，电视屏幕闪烁，没有了雪花杂质。我靠近电视，录像拍的是一个房间，一堵墙，我能听见录像里的动静。我找到电视音量键，将它调大，声音听起来像在轻哼什么，还有呼吸声。是呼吸声吧？拍的是这个房间，我站着的这个房间，我认出了那堵墙，还有照片和书桌。现在，镜头开始向下，越来越低，低到地面上了。

画面仍在移动，离开门，上了走廊。我能听见那个拍摄者慢悠悠的脚步声，这脚步声像是穿着橡胶鞋踩在瓷砖地面上，他的步伐有条不紊。

摄像机进入一个大房间，像是学校的图书馆。目的地很明确，他笔直地穿过了公共阅览区域和成排的书架，书架后是窗户，他径直走到了窗边。窗户很高，是直至天花板的落地百叶窗。摄像机定了下来，稳稳地继续摄像。

画面外的手或是其他什么东西轻轻向左拨开了一片百叶窗，叶片拍打出声响。摄像机向上抬了抬，从窗户向外拍摄，窗外有辆卡车停在屋后，是一辆老式皮卡。

镜头推向卡车，放大，焦距拉近后画面开始抖动，放大后的画面质量只能如此，好不到哪儿去了。卡车里有人，正坐在驾驶座位上，看起来很像杰克。是杰克吗？不，不可能，但真的很像……

拍摄戛然而止，画面又回到雪花杂质，伴着聒噪的杂音。我吓了一跳。

我得离开这里，现在，马上。

我快步走向进来的门，我不知道这里的男人是谁，接下去会发生什么，或是杰克在哪里，但我需要帮助。我不能待在这里，我可以跑回那个小镇，就算需要一整个晚上也没关系，就算冻死也无所谓，我想找个人说话。回到主干道后，我或许可以招手搭辆车，应该会有车经过的，在某个路段。

到达这里后，我就一直需要帮助。

向左转之后是向右转，我尽可能走得快些，但我无法走得像我预想的那么快，就好像走在湿泥地上一样。走廊里空无一人，完全看不见杰克的人影。

我环顾四周，只有黑暗，其他一无所有。我感到孤单，尽管我并不是个容易孤单的人。这所学校白天到处是忙碌的人，每个柜子都有一个主人，一个生命，代表一个拥有自己的兴趣、朋友以及理想的孩子。但在当下这个时刻，那一切都失去意义。

我们都需要上学，学校能发掘潜力，开拓未来。在学校里可以有所期盼，进步，成长，成熟。学校应该是个安全的场所，但它现在变成了对立面，就像一个囚笼。

门就在走廊尽头。我可以回车里等杰克，或徒步走回主干道。或许杰克已经回到车里，正等着我。不管怎么说，回车里后我可以梳理思路，想点儿办法。

我走过大办公室，看到进来的门上有东西闪烁。会是什么？链条？不可能，我是从这扇门进来的。但确实是链条，门上绑着金属链条，上了锁。

有人给门绑了链条，从里面上了锁。

我转身回望走廊。我一停止走动，周围就安静无声，静得要死。这就是我进来的那扇门，当时是开着的，而现在，它锁了，只能是他锁的，我不明白发生了什么。

"这儿有人吗？有人吗？喂！杰克！快出来！"

一片寂静，我感觉很不好，不应该这样。

我把额头抵在门的玻璃上，玻璃很冷。我闭上双眼，我只想离开这里，回我的公寓，回我的床上。我不该和杰克一起出来。

我望向窗外，那辆黑色皮卡还在那里，他在哪里？"杰克！"

我沿着走廊往回跑，向教学楼正门跑去，鞋子发出摩擦声。不！不可能，车不在那里了，杰克的车不在那里了。我脑子里一片混沌，他不可能丢下我一个人走，杰克不会这样。我又转身沿同一条走廊跑，经过同样的柜子，跑向我进来的那扇门，那扇上了锁的门。

"这里有人吗？喂！你想干什么？"

我看见了。那是一张纸，一张折起来的小纸片，插在金属链条的某个环里。我拿起纸，将它展开，我的手在抖，纸上只有一行凌乱的手写字：

每年美国都会发生一百多万起暴力犯罪，而在这所学校里发生了什么？

我扔下纸片，往后退了一步，深深的恐惧和惊慌汹涌着席卷了我。他一定对杰克做了什么，现在他要对付我了。我得逃离这里，我不能再大喊大叫，我得藏起来。我不该发出声响，他会知道我在，知道我在哪里。他现在能看得见我吗？

我得找个藏身之地。不是这个敞开的走廊，得找一个房间，一个书桌躲藏起来。

我听到了什么声音，是脚步声，很慢很慢，是橡胶鞋踩在地上的声音，是从别的走廊传来的。我得躲起来，马上。

我朝脚步声的反方向跑去，沿着走廊左转。我跑过一道左右对开的门，跑进一个大房间，里面有自动售货机和很多长桌，是个餐厅。房间前方有个台子，另一头有扇门，我跑过桌子，跑出了那扇门。

门通向楼梯间。我得继续向前，远离那个人，唯一的选择是上楼。上楼梯的时候我尽量保持安静，但还是会有回声，我不知道他是不是还在跟踪我。上楼上了一半时，我停下脚步侧耳倾听，什么都没有听见。楼梯间没有窗户，我依然能闻到同样的味道，那股化学气味，甚至更浓，我的头开始疼了。

上了一层楼后，汗出得更厉害了，不停地往外冒，我解开外套。在我的右边有扇门，或许可以通往三楼，我试了试门，没有锁，我走进去的一瞬间，门在身后径自关上了。

又是一条放满柜子的走廊，两边都是教室，左手边正对着有个饮水器，天知道我有多渴。我弯腰吸了一口，又掬了些水抹在脸上和脖子后面，我快喘不过气了。这里的走廊都一模一样，这个学校，就是个大迷宫，是个陷阱。

扩音器里开始播放音乐。

声音不大，是一首老乡村乐，我听过的，歌名叫《嗨，美女》[1]。我们去农场的路上杰克车里的广播放过，是同一首歌。

---

[1] 这首歌曲是美国乡村音乐歌手汉克·威廉姆斯（1923—1953）演唱的，他不满30岁就因吸毒过量而死。

走廊的边上有一条长椅。我屈膝半躺半蹲地躲在椅子靠着我的这边，地面很硬。如果有人从门那边过来，我都能看见，我正监视着那扇门。歌播放完后，停了一两秒又从头开始循环。我遮住耳朵，但依然能听见，同一首歌。我试过了，但再也无法控制，我哭了起来。

. . . .

在此刻之前，在这次之前，在今晚之前，每当有人问我最怕什么，我都会给同一个答案：维尔太太。大多数人听完故事后并不觉得可怕，在他们看来这很无聊，我讲完后他们甚至会觉得很失望。我承认，我的故事不像电影那样，不会让你紧张到心跳都要停了，不会让人感到毛骨悚然，也不是很有强烈的画面感，不会让人吓得跳起来。对我而言，这些因素不是恐怖故事所必需的。那些让人迷失的元素，那些让理所当然的事物出现偏差的元素，那些带来纷扰并搅乱现实的因素——才是可怕的。

别人之所以不觉得维尔太太可怕，或许是因为故事缺乏戏剧性，那只是生活。但对我而言，正是因为故事发生在生活中才更加可怕，它一直存在着。

我不想和维尔太太生活在一起。

我第一次见到维尔太太是在我家厨房里，那时候我七岁。好几年来我一直能听到她的名字，我记得她经常打电话给我妈妈，跟我妈妈说那些发生在她身上悲惨的事，妈妈只是听着。但妈妈并不是没有自己的事做，而这类电话每次都会持续好几个小时。

有时是我先接的电话，但只要听见她的声音我就会觉得不舒服。有时妈妈用另一个电话接起后我还想听，但听不了多久她就会说："好了，我接了，你可以挂了。"

维尔太太的右手打着绷带。我记得妈妈说过，维尔太太总是出状况，不是手腕贴着创可贴，就是膝盖绑着护膝。我根据电话里的声音想象了下她的长相——消瘦、苍老，肯定还有一头红棕色的卷发。

她那次来我家是来取我们的培根油，妈妈通常把培根油装入罐子保存在冰箱里。维尔太太用培根油做约克郡布丁，但她自己从来不做培根。每隔一段时间，妈妈就会和她约个地方见面，或者去她家里把东西给她。

但那一次，妈妈邀请维尔太太来我家。那天我生病没去学校，正巧坐在厨房里。妈妈在倒茶，维尔太太带了燕麦饼干。培根油取出来以后，两位女士坐下开始边喝茶边聊天。

维尔太太没有问候我，甚至看都没看我一眼。我穿着睡衣，我还在发烧，我正在吃烤面包，我不想和那个女的围在同一张桌子旁。这时，妈妈离开了房间，我不记得原因了，可能是去卫生间。我一个人和她——那个女的——维尔太太待在一起，我一动都不敢动。维尔太太停下了手里的动作看向我。

"你是好孩子还是坏孩子？"她问道，她用手指卷起自己的一缕头发把玩，"如果你不回答，你就是坏孩子。"

我不明白她在说什么，也不知道该怎么回答。从来没有哪个大人，尤其是一个我不认识的人，这样和我谈话。

"如果你是好孩子，就可以拿一块饼干。如果你是坏孩子，以后就得和我住，不能和你父母一起住在这里了。"

我吓呆了，不知道该怎么回答她的问题。

"你不能这么害羞，你应该克服它。"

她的声音和打电话时一样——音调又尖又高，没有起伏，充斥着烦躁。她没有向我示好，既不友善，也不温和。她就这样盯着我看。

即使在最好的时候，我也很难开口和陌生人说话。我不喜欢陌生人，即使只是向他们解释或与他们谈论哪怕再小的琐事，也常令我有种羞辱感。在与人接触方面我存在障碍，眼神交流对我而言很艰难。我把面包皮放在盘子里，随后将视线越过了她。

"好孩子。"等了好一会儿我才开口道，我感到自己的脸"唰"地就红了。我不知道她为什么问我这些，但确实吓到我了。每当我害怕或紧张时，我就会头脑发热。人怎样才能知道自己是好还是坏？我并不想要饼干。

"那么我呢？你妈妈怎么对你说我的？她说过什么？"

我从来没见过她这样的笑容，脸部咧开的样子就像是一道伤疤。她拿住油罐子的手指油腻腻地闪着光。

我妈妈回来后，维尔太太开始把油倒进自己的罐子，完全没有表现出我们曾经有过对话。

那天晚上，妈妈食物中毒了。她整晚都不停地起床呕吐，我睡不着，目睹了整个过程。是她，是维尔太太的饼干让妈妈生病的，我知道。妈妈后来说，是偶发的肠胃炎，但我知道真相不是这样的。

我们晚饭吃了同样的饭菜，但我没有生病，也不是流感。第二天早上，妈妈才好受一些，有点儿脱水，但没什么大碍了。一定是食物中毒，她吃了饼干，而我没吃。

我们无法获知别人的想法，我们无法了解别人做事的动机。从来如此，人与人无法完全了解。这才是令我害怕的因素，小时候的顿悟。我们永远都无法真正了解他人，我做不到，你也做不到。

奇怪的是，各种关系可以在永远无法完全互相了解的前提下得以形成并维持。永远无法切实地知道对方在想些什么，永远无法知道对方究竟是个什么样的人。我们不能随心所欲，我们有既定的行为方式，我们有既定的表达方式。

但思维，可以随心所欲。

任何人都可以随心所欲地想任何事，思维是唯一的真实，它才是真的，我现在可以确定。我们无法伪装自己的思维，也无法愚弄自己的思维。这一简单的领悟扎根在我的认知中，它让我烦恼了许多年，绵延至今。

"你是个好孩子还是坏孩子？"

我至今仍不知道答案。这才是我最害怕的。

. . . .

我差不多在长椅后躲了一个小时，或许更久，我说不清。一小时是多久？一分钟是多久？一年又是多久？蹲着的姿势让我的屁股和膝盖都麻了，我维持着一个很不自然的姿势，我也失去了对时间的感知。当你一个人的时候，很容易感受不到时间的流逝，时间总会过去。

《嗨，美女》不断循环，一遍一遍又一遍，二十遍，三十遍，甚至一百遍，声音仿佛越来越响。一小时和两小时是一样的，一小时便是永远，谁知道呢。歌声突然就停了，停在一段歌词之后，唱到了一半。我讨厌那首歌，我讨厌不得不听那首歌，我不想听。但现在，每一句歌词我都烂熟于心，它突然停了，这令我惊愕，令我清醒。我一直枕着杰克的帽子半躺着。

我想我得行动起来，一直藏在长椅后面并不好。我是目标，这里太醒目了。如果杰克和我在一起，他首先就会这样告诉我，但他不在这里。膝盖酸疼，我的头也还在疼，有种晕眩感。我都快忘记这茬了，但它总是不依不饶，杰克也会告诉我别去在意那些疼痛。

没人能想到自己会身处这样的状况，被监视，被跟踪，被监禁，孤立无援。你可能听过这种事，你可能时不时地看到这样的消息，当知道存在一个人对另一个人施加恐怖行为的可能性时，你会感到厌恶。这些人出什么问题了？为什么他们能干出这种事？为什么有人得在这种情况下结束人生？人类的邪恶程度震惊了你。但你不是目标，所以没关系，你会忘记这事，你会继续生活下去，这事没有发生在你身上，发生在了别人身上。

直至眼下。我站起身，想刻意无视自己的恐惧。我离开长椅，沿走廊朝着来时的楼梯间反方向悄无声息地慢慢行走。我试着推了几扇门，都锁上了。这个地方没有出口，这些走廊暗无天日。两边的墙上空无一物，没有一点儿学生待过的痕迹。我在这些相似的走廊上来来回回。一个走廊接着另一个走廊，一段接着另一段，就像埃舍尔[1]笔下的怪异场景。当你从这个角度思考时，在这种地方耗费大量时间和精力几乎就像是一件荒唐事。

我经过的每个垃圾桶都很干净：新换上的垃圾袋，没有遗留的垃圾。我一个个地翻看，想找点儿可以拿在手中帮我前行帮我逃脱的。但都是空的，只有黑色的垃圾袋子。

我来到的一定是科学之翼的地方，之前到过这里吗？我透

---

[1] M.C. 埃舍尔（M. C. Escher）（1898—1972），荷兰科学思维版画大师，20 世纪画坛中独树一帜的艺术家。

过门缝往里看，都是实验室。

这条走廊两边的门与之前的不同。它们更沉重，并且是蓝色的，天蓝色。走廊尽头有一条大型横幅，手工绘制，是关于冬季聚会的宣传，一个校园舞会。所有的都在这儿了，与学生相关的事物，那么多。这是我在这里第一次见到学生存在的痕迹。

跳一整夜舞，门票 10 元。你还在等什么？

横幅写道。

我像是听见了橡胶靴子的声音，从某个地方传来脚步声。

像是吃了药似的，我无法动弹，我不该动弹，我无力动弹。因为害怕，身体都僵住了。我想转身尖叫逃跑，但我做不到。如果那是杰克呢？如果他还在，像我一样被锁在了这里呢？如果他还在这里，就意味着我不是一个人，意味着我很安全。

我可以返回楼梯间，只要穿过这条走廊就行。我可以上三楼，或许杰克就在那里。我紧紧闭了闭眼睛，攥紧拳头，心脏怦怦地跳着。我又听到了靴子声，是他，他在找我。

我感到身体不适，狠狠呼出了一口气。我在这里待的时间太长了。我感到自己胸口绷得紧紧的。我快要吐了，我不能吐。

我冲进了楼梯间。他没看见我，我觉得没有。我不知道他在哪里，楼上，楼下，头顶，脚下，某个地方。我觉得他可能藏了起来，等待着，在我的影子里。我不知道。

我真的不知道。

．．．．．．．．

一间美术教室，在楼上，一条不同的走廊，一扇没有上锁的门。这里可能是任何地方，我不确定找到这扇没上锁的门时，是不是有一丝安心。我非常缓慢地关上了门，但没有上门闩。我听着，但没有听见任何声音。我应该能藏在这儿，至少藏一会儿。进屋后的第一件事，我就拨打了墙上的电话，但只要输入超过三个数字，电话就只剩忙音了。我试着先拨9，甚至911，但不行，毫无作用。

房间前端的教师办公桌很整洁，我打开第一个抽屉，想着里面应该有什么能用的。我快速翻遍了所有抽屉，找到一把可伸缩的美工刀，但刀刃不见了，我把它扔在了地上。

我听见走廊上有声响，就猫腰躲在了办公桌后，闭上眼睛。这次更久。

教室三面墙边，成排地放着颜料罐、刷子和其他工具，白板都擦得很干净。

我揣测自己能在这里待多久。一个没有必需品、缺食少水的人能维持多久？躲在这里太消极了，而我需要积极些。

我检查了一下窗户，底部的窗子可以打开，但大小只够进来点儿空气。如果这里有个窗台或延伸出去的台子，我或许会考虑跳楼，很可能。我把窗子开足，冷空气的感觉真好。我把手放在那儿感受微风，弯下腰，尽可能地呼吸新鲜空气。

我曾经很喜欢美术教室，只是不太擅长画画，虽然我极度希望能画得好些。我不希望自己只在数学方面有出色的能力，美术也有它的独特之处。

高中时光对我来说异常遥远，对某些人而言，那是巅峰时期。我认真学习总能得高分，那不是问题。但所有的社交活动，诸如派对之类，尽管我总是尝试着去融入，然而真的没那么简单。每天一下课，我就只想回家。

能在学校受欢迎的各种方式我都很不擅长。许多年来，我是最容易被遗忘和被忽视的那类，仿佛是个无色无味的透明人。

成年后，晚熟，那才是我，或者被认为如此，一切都被认为应该好起来了。我会好起来，每个人都这么说，到了我成为我自己的时候了。

我一直谨言慎行，始终保有自知之明。我很少陷入迷茫，我从不轻率行事。我了解自己，了解自己的无限可能，有太多的可能性了，比如现在这件事。我怎么会陷在这里的呢？不公平。

还有杰克的事。我们无法顺利进行下去，这段关系无法维持，但现在已经不重要了。没有我他也能过得很好，不是吗？他会得到认可，他能干一番大事业，我很清楚。他不需要像现在这样生活，不需要我。他的家庭也不需要，他们和我不是一类人，但那已经没有关系了。他们共同经历了很多，而我了解的可能连一半都不到。他们或许以为我们已经到家了，他们或许已经睡熟了。

还没有结束，还没到必须结束的时候。我得找到他，然后我才能出去，重新开始，再试一次，从头开始，杰克也可以的。

能在窗边休息，感受空气拂过我的皮肤，这样很好。我突然累了，或许我需要躺下，睡一觉，甚至做个梦。

不，我不能。不能睡觉，不能再做噩梦了，不能。

我得继续行动，我还没有自由。我离开开着的窗户，蹑手蹑脚走向门口。

右脚踢到了什么东西。一个罐子，一个装颜料的塑料罐倒在地上。我捡了起来，罐子半空，我手上沾了颜料，罐子外面也沾着颜料。

颜料还是湿的，没有干，我能闻出气味。我把罐子放在了一张书桌上。

他来过这里。就刚才，他还在这里！

一手的红色，我擦在了裤子上。

地上还有更多颜料，我把它们踩脏了。它们写成了一行小字：

我知道你接下来会做什么。

一条消息，是留给我的。他希望我进到这里，看到这行字。

我不知道这是什么意思。

等等，我知道了。是的，我知道了。

他看见杰克吻我的脖子，他看见我们在车里。他就在窗边，看着我们。不是吗？他知道我们接下去会在车里做什么，而他不希望我们做爱？是这样吗？

前方的地上还有更多的字。

现在只剩你和我了，只有一个问题需要解决。

恐惧向我袭来，绝对的恐惧，没有谁知道那是种什么感觉，无从获知。你根本无从获知，除非你曾这样孤独无助过，像我一样。在此之前，我从未有过这种感觉。

他怎么知道的？他怎么会知道这个问题？他不可能知道我一直在想的事，不可能。没有人能真正知道别人在想什么。

这不可能是真的。头痛越来越厉害了，我用颤抖的手扶住前额，太累了，我要撑不住了。但我不能待在这里，我得继续行动，我得藏起来，想办法逃走。为什么他总能知道我在哪里，我去了哪里？他会回来的。

我知道。

· · · · · · · · ·

我希望剧情能更加超现实，例如一个鬼故事，离奇诡谲，超乎想象，那样的话，无论它有多糟糕，我都不会像现在这般恐惧了。如果一切都更难理解，更难接受，如果有更多让我疑惑的余地，我就不会被吓坏了。但这一切太真实了，极为真实。在一所大型空旷的学校里，有个危险的男人满怀邪恶企图。都是我的错，我根本不该来这里。

我不是在做噩梦，尽管我希望这一切都是梦，我希望自己能醒来。如果能让我在自己的床上，在自己的房间里，我愿付出任何代价。有人想要伤害孤身一人的我，或是搜捕我。而且，他已经对杰克干了些什么，我知道。

我不能再去想这事。如果能找到通向体育馆的路，那里或许会有紧急出口或其他出去的方式。我决定了，我得回到公路上，即使外面非常冷，我可能挺不了多久，但在这里，我也挺不了太久。

我的眼睛已经适应了黑暗，只要一会儿时间，就能习惯黑暗，不是习惯寂静。嘴里的金属味更重了，味道来自唾液或是更深入的地方，我不确定。我的汗也和平时的不同，所有的一切都不正常。

我一直在啃着、咀嚼指甲，还吃下它们。我感觉很糟。

我开始掉头发，是压力的缘故？只要把手放在头上，抽回时手指间总能夹上几缕头发。现在我用手指捋捋头发，发丝掉得更多了，虽然不至于满手落发，但也相差无几。这一定是什么反应，在身体上起了反应。

保持安静，保持镇定。这条走廊的砖墙都上了色，天花板则是可移动的长方形瓷砖。如果我能上去的话，上面可以躲藏吗？

继续走，慢慢地，汗水沿着我的脊椎往下淌。顺着走廊向前就能抵达体育馆，一定在那里，我记得。不是吗？为什么我会记得？我握住金属把手打开门走了出去。那里是我的目的地，就去那里。迅速地走，安静地走。

走的时候，我用左手手指摸着砖墙，一步又一步，谨慎地，小心地，悄无声息地。如果我能听见声响，他就也能听见。如果我能，他就能。如果我，那么他。如果，那么，我，他。

我终于抵达了那扇门。通过细长的窄窗向里看，正是体育馆。我抓住门把手，我知道这扇门。开关时的声响就像牛仔的马刺声一样，又响又冷的金属声。

我只把门缝开到足够进入的大小。

里面挂着攀爬的绳索，一角有个装橙色篮球的金属网框。有股浓烈的气味，化学试剂的气味。我的眼睛开始流泪，不停地流。

我听见了从男更衣间传来的声音，我发现这里有点儿透不过气。

更衣间没有体育馆那么暗，顶上开着两盏灯。现在我发现了——是流水声，有个龙头开到了最大。我还没看见，但我就是知道。

我应该洗个手，把颜料洗掉。可能还要再喝上两口水，让冰凉宜人的水从嘴巴顺喉咙流下。我翻过自己的手，看着手掌，上面布满了红色，不停地颤抖，右手大拇指的指甲已经没有了。

左前方通向某个地方，水声就是从那里传来的。似乎踩到了什么东西，我捡了起来，是一只鞋，杰克的鞋。我想大叫，想喊杰克，但我不能，我用手捂住嘴，必须保持安静。

我向地上看，看见了杰克的另一只鞋。我捡了起来，然后继续向那个地方走去。转过转角，空无一人，弯腰看向隔间的下方，没有人的腿。我一手提着一只鞋，又向前走了一步。

现在我能看见装着龙头的墙了，龙头没有流水，我又向冲淋房走去。

有个银色的莲蓬头正全力喷着水，只有一个，冒了很多水汽。一定是热水，很烫的水。

"杰克。"我小声说。

我需要思考，但这里是如此温暖湿润，周围充满了水汽。我需要想办法离开这里，没有任何线索表明对方做这事的原因或他的身份，不过没关系，这些都没关系。

不管用什么方法，只要能离开这所学校，我就能往大路跑。等我到了主路，我可以继续跑，我不会停下。就算肺要炸了腿要断了我也不会停下，我保证，不会停下。跑得越远越好，越快越好。我会离开这里去其他地方，无所谓是哪里。去一个不同的地方，去一个可以真正生活的地方，去一个不这么陈旧的地方。

或者我也可以一个人在这里孤独地待下去，比想象的更久。或许我能找个新的藏身之处，躲在墙与墙之间。或许我能待在这里，生活在这里。在某个角落，在某张书桌底下，在置物间。

有人在那里，在最远处的冲淋房里。地板很滑，瓷砖潮湿，布满了水汽。我有股冲动，想要站在喷洒而出的水流下，站在散发着蒸汽的水流下，仅仅是站在那里。但我没有动身。

在最后一个隔间里，是他的衣物，我拿了起来。裤子和衬衫揉成了一团，都湿了。杰克的衣物，这是杰克的衣物！我扔了下来。为什么他的衣物会在这里？他的人又在哪里？

紧急出口，我需要紧急出口，就现在。

离开更衣间后，我又一次听到了音乐声，同一首歌，从头开始。置物间、教室、走廊，到处都有扩音器，但我并没有看见它们。音乐还有停下来的时候吗？我想会吧，但没有一点儿保证。这首歌大概会在这整个期间不断播放吧。

我知道人们会谈论真相的对立面以及爱的对立面，但害怕的对立面是什么？忧虑、恐慌、后悔的对立面又是什么？我永远都不会知道为什么我们来这里，不知道为什么我会这样被囚禁着结束，不知道为什么我会如此孤独地结束。不该这样。为什么是我？

我坐在硬邦邦的地上，这里没有出路。无法从这个体育馆出去，无法从这所学校出去，从来都没有办法。我尽量多想些好事，但无能为力，我捂上了耳朵。这里没有出路。

我将永远在这所学校里蠕动着徘徊着。

我觉得，害怕、恐慌以及畏惧正在减弱。这些感觉袭来时虽然无比迅猛，但它们无法持续。不对，它们并不会逐渐消失，只会被其他感觉替代。恐惧感会深深扎根，一有机会便再次扩散。无法摆脱，无法智取，无法抑制，不做处理的话，它只会溃烂，恐惧感就像疹子一样。

我仿佛看见自己正坐在自己的房间里，坐在书架边的蓝色椅子上，台灯开着。我努力回想，回想台灯的柔和光芒，希望它能停驻在我心里。我想起了那双旧鞋子，我只在屋子里穿的那双像拖鞋一样的蓝色鞋子。我需要专注于某些和这所学校无关的东西，超越黑暗，超越无助，超越压抑的寂静，超越那首歌。

我的房间，我在那个房间里度过了如此多的时光，它如今依然存在着。它依然在那里，即便我已经不在了。它是真实存在的，我的房间是真实存在的。

我只需想着它，专注于它，于是，一切都变得真实。

在我的房间里有很多书，它们抚慰了我。还有把棕色的旧茶壶，壶嘴有个缺口，那是很久以前，我花一美元从旧货市场上买来的。我能看见那把茶壶就放在书桌上，放在笔和记事本中间，还有我那些塞得满满的书架。

我最喜欢的蓝色椅子已经留下了我的痕迹，我的重量，我的体型，我成百上千次地坐在上面。它已因我的身形而改变，只为我一个人。我现在可以走过去坐下，坐在宁静的内心中那个我曾安坐的地方。我还有一根蜡烛，只有一根，我从未点燃它，一次都没有。蜡烛是那种深红色，接近暗红，做成了大象的形状，白色烛芯从大象背部冒出来。

那是我以班级第一名从高中毕业时，父母送给我的礼物。

我始终认为自己会在某天点燃蜡烛，但从来没有，时间愈久我就愈难动手点燃它。每当我设想一个足够特别的场合，或许能用上这根蜡烛时，我转念就会觉得我只是想处理掉它而已，于是我总在等待一个更好的场合。而今它依然完好无损地放在那里，在书橱的顶部。永远都不会有什么足够特别的场合，怎么可能有呢？

——他在学校工作了至少三十年，没有不良记录，他的档案上几乎什么都没有。

——什么都没有？这也很不正常。三十多年，做同一份工作，在同一个学校。

——他住在一个又老又旧的地方，我想是他父母的农场。有人告诉我，他父母很多年前就过世了。每个我谈过话的人都告诉我，他相当温顺。他似乎只是不知道该怎么和他人交谈，无法和他人保持关系，或者可能就不想尝试，我觉得他对社交没兴趣。大部分休息时间，他都一个人待在他的卡车里，就一个人坐在学校后面的皮卡里，那是他的休息方式。

——他的听力怎么样？

——他装了电子耳蜗，他之前的听力相当差。他对一些食物过敏，牛奶以及奶制品，身体比较羸弱。他不喜欢去学校地下室的锅炉房，如果有活得在那儿干，他总会让别人去。

——真是奇怪。

——还有这全部的笔记本、日记和书，他永远都钻在书里。我记得在学校实验室见过他，放学后，他就站在那儿，看着空气。我看了一会儿就去教室了。他没发现我，那时候他也没有在打扫卫生，没有理由待在那儿，所以我很温和地问他在干吗。等了一会儿他才有反应，他转过身来，平静地把一根手指放在嘴上，对我说"嘘——"，我简直无法相信。

——相当奇怪。

——在我能说话之前，他说："我一点儿都不想听见钟声。"随后他从我身边走过，离开了实验室。要不是现在出了状况，我已经把这事给忘了。

——如果他真如你想的那么聪明，为什么要拖这么久的地？为什么他不去干点儿其他事？

——大多数工作都需要和别人合作，没法独自待在自己的卡车里。

——所以，就当个校工？这点我完全无法理解。如果他真的希望一个人待着，为什么干这份周围有很多人的工作？这不是在自我折磨吗？

——是啊，这么一想的话，我觉得确实会很折磨人。

我用双手双脚匍匐前进，向我认为是音乐教室的房间爬去，血从鼻子里流出滴在了地上。我并不在教室里，我在教室外窄窄的走廊里，有很多窗户可以让人看到教室内部。我的头像被狠狠打过一样，火辣辣地疼。教室里有很多红色椅子和黑色乐谱架，摆得乱七八糟。

我无法把杰克父母从脑子里赶出去，尤其是他妈妈拥抱我的方式。她不想让我走，最后的她看起来是那么可怜，她忧心忡忡的，担惊受怕，不是为她自己，而是为我们，或许她清楚这些，我觉得她一直都很清楚。

大脑中转过了无数念头，我感到很迷茫，很混乱。他问了我对他父母的看法，现在我知道自己的看法了。不是他们过得不开心，而是他们被困住了，被困在了一起，被困在了那里，他们互相对对方充满着愤懑的情绪。我在的时候是他们表现最好的时候，但他们无法完全隐瞒，有些事令他们心情低落。

我想起了自己的童年，充满回忆，我控制不了自己。这些童年片段我已经很久没有回忆了，甚至从来没有想起过。我无法集中精神，我无法专心去想某个人，我同时在想每一个人。

"我们只是随便聊聊。"杰克说过。

"我们在交流，"我当时回答，"我们在思考。"

休息的时候，我用手抓了抓后脑勺，发现有块差不多二十五美分硬币大小的秃斑，我拔掉了太多头发。头发没有生命，那些可见的细胞其实已经死了，死掉了，没有了生命迹象。在我们碰触的时候，修剪的时候，做造型的时候，我们能看见它，摸到它，清洁它，护理它，但它已经死了。我的手上还留有不少红色的印迹。

现在轮到我的心了。我很恼怒，它不停地跳着。我们不应该感觉到它的跳动，那为什么我现在察觉到了？为什么它的跳动令我恼怒？因为我别无选择。当你开始察觉到自己的心跳，你会希望它不再咚咚作响，你希望这持续的节奏有个间断，有个休息。我们都需要休息。

最重要的事总是不断地被忽视，直到类似的事再发生。然而，它们现在无法再被忽视了。那句话怎么说的来着？

我们因局限和需求而疯狂。人类充满局限性，脆弱易碎。你无法完全独处，每样事物都有着轻盈和笨拙这两面。有那么多依赖他人的方面，有那么多令人害怕的事物，有那么多的需求。

白天是什么？晚上又是什么？做正确的事的时候，进行关乎人类抉择的时候，冥冥之中似有天意。我们总是在选择，每天，我们都是，只要还活着，我们就总是在选择。我们在生命中遇到的每个人，都有同一道选择题需要考虑，一遍又一遍。我们可以忽视它，但对我们所有人而言，是同一个问题。

我们想，这条走廊的尽头连回了那个摆满了柜子的大走廊。我们走遍了每个地方，已经无处可走了。就是这么一所陈旧的学校，永远都是这样。

我们不能再回到楼上，我们不能。我们试过了，我们真的试过了。我们竭尽了全力，我们还能忍受多久？

我们坐在这里，这里。我们一直都在这里，坐着。

我们显然不自在，我们应该自在些。我以前就知道，我现在也明了。我对自己说：

我打算说些会令你心情低落的话：我知道你的样子。我知道你的脚、你的手、你的皮肤是什么样的，我知道你的脑袋、你的头发、你的心脏是什么样的。

你别再咬指甲了。

我知道我不该这样，我知道的。我们很抱歉。

现在我们想起来了，那幅画，还在我们的口袋里。杰克妈妈给我们的画，杰克的画像，会是个惊喜。我们从口袋里取出那张纸，慢慢展开。我们不想看，但也不得不看。画这幅画用了很久很久，无数个小时，无数天，无数年，无数分钟，无数秒。那张脸从纸上看着我们，我们都在那上面，迷茫、模糊、分裂，无比直观，丝毫无差。全部都画在我手中的纸上。

这张脸显然是我的，这个男人。和所有的自画像一样容易辨识。上面正是我，杰克。

你还好吗？你好不好？

做正确的事的时候，做出一个选择的时候，冥冥之中有天意作祟。不是吗？

跳一整夜舞，门票 10 元。

你还在等什么？

· · · · · · · · ·

你还在等什么？

你还在等什么？

你还在等什么？你还在等什么？你还在等什么？你还在等什么？你还在等什么？你还在等什么？你还在等什么？你还在等什么？你还在等什么？你还在等什么？你还在等什么？你还在等什么？你还在等什么？你还在等什么？你还在等什么？

. . . .

我们回到了保管室。这无法回避，我们现在理解了，我们知道事情会变成这样。没有别的选择，在经历了一切之后，只剩这一个了。

我们路过木工教室和电化教室，我们走过一扇门，上面写着"舞蹈房"，还有一扇门上写着"学生会"，我们看见了戏剧社的房间。但我们没有打开这些门，有什么意义？这许多年来我们一直经过这些门，在过了这么久之后，甚至连灰尘都是那么熟悉。我们已经不在乎这些房间是否干净了。

保管室是我们的，是我们应该待着的地方。最后，我们已无法否认自己是谁，自己曾经是谁，以及我们去过哪里。如果没有一个解决方式，无论我们想要成为谁都没有意义。

我们经过了通向地下室的门。

这就是我们。喜欢咬指甲，头发稀少，手上沾血。

我们看见了那些照片，那个男人。我们理解，我们知道，我们希望这些不是真的。

不管在这里工作的校工是谁，他都不在这里了。当我们看着照片中他的脸时，我们就意识到了。他已经不在这里了，他已经走了。

只有我们，现在在这里的是我们。和杰克在一起的，只有我们，孤单的我们。

在车里，我们没有看见学校里的那个男人，那名校工，只有杰克看见了他。他希望我们跟着他进入学校，去找他。他希望和我们一起待在这里，待在这个没有出路的地方。

杰克的鞋子，在更衣间。他脱下了鞋子，他自己脱下鞋子留在体育馆，他换上了橡胶靴。始终是他，是杰克。那个男人，因为他是杰克。我们无法再隐瞒，眼泪流了下来，眼泪，再一次流了下来。

他的哥哥。关于那个出了问题的哥哥的故事，我们觉得是编出来的。所以我们去拜访时，他爸爸那么高兴，因为我们对杰克很好。他才是出问题的那个，是杰克，不是他哥哥。他没有哥哥，或许有一个，但实际没有。杰克的父母？他们很早之前就去世了，就像我们能够看见的头发，那些长在我们头上的头发，那些掉落的头发。都已经死了，很早之前就死了。

杰克曾对我说："思维往往比行为更真实、更现实。人可以说给别人听，做给别人看，却无法伪装自己的所思所想。"

．．．．．．．．

杰克没救了。尽管他一直在尝试，但从来没有人帮他。

杰克知道我们打算结束一切，不知道他如何得知的，我们从来没有告诉过他，我们只是想想而已。但他知道了，他不想孤身一人。他无法面对孑然一身的现实。

音乐再次响起，从头开始，这次更响了，但没有关系。书桌旁的橱柜还空着，我们把空的金属衣架推到一边后走了进去。里面很难呼吸，在这里会比较好，我们就在这里了，等待着。

等音乐停止，一片寂静，纯粹的寂静。我们就待在这里，直到那个时刻来临。

现在的杰克，曾经的杰克，我们一起等在这里。我们，全部。

动作、行为，都可能误导、隐瞒真相。行为的定义，是行动，是表现。行为是可塑造的。

寓言，精妙的隐喻。我们不只通过自身的实际经验来理解、认知事物的意义和效用，还会通过象征来判断自己是否做出接受、拒绝、理解等行为。

那天夜里，很久之前，当我们在酒吧遇见，当时整晚都在放这首歌。他一直听着团队成员聊天和讨论问题，但他没有说话。他依然是团队的一员，他很投入，他在思考，他或许沉浸在了自己的世界里。他小口啜着啤酒，他时不时地、无意识地嗅自己的手背，他很专注于某件事物时会打个节拍，那时候他是放松的。他极少能在这样的环境里放松，但他真的迈出了这一步，离开自己的房间来到酒吧，和别人在一起。这很不一样，这事很重大。

还有那个女孩。

她，他。我们，我。

她就坐在他旁边，美丽而健谈，她很喜欢笑，她的肤色看起来很舒服。他极想和她打招呼，她对着他微笑了一下。没错，微笑，毫无疑问，真正的微笑，于是他回报了一个微笑。她的眼神很友善。

他一直记得她。她就坐在他的旁边，没有走开。她聪明风趣，温和随意。"你们干得很不错。"她边说边微笑起来。这就是她对杰克说的第一句话，对我们。

"你们干得很不错。"

他举起啤酒杯说道："我们很厉害。"

他们又聊了些话题。他把自己的电话号码写在纸巾上，想把纸巾给她，但他没有。他办不到，他没给。

如果能再见到她的话会多么让人高兴，即使只是说几句话，但他再也没见过她。他认为自己打动了她，他希望存在这样的机会。第二次会简单很多，会有进步，但他没有机会，再也没有遇见她。他得让这个机会发生，他不停地想她。思维是真实的，他写的都是她，都是他们，也是我们。

如果她拿到了他的电话号码，她打电话给他了，未来会有所不同吗？如果他们在电话里聊天后，又见了面，如果他约她出来呢？他会不会留在实验室？他们会不会一起开车旅行？她会吻他吗？他们会发展成恋人关系在一起吗？如果一切进展顺利，她会去拜访他成长的地方吗？他们会无视天气状况，在回家的路上停车买冰激凌吗？两个人，在一起。但是，我们没有。这一切重要吗？是的，不，也或许吧。但现在都不重要了，这一切并没有发生，烦忧与她无关。她应该很快就忘记了，在第一晚后，在那个唯一一次的简短的酒吧会面之后。

她甚至不知道我们的存在，烦恼只是我们的。

那是很久之前的事了，过去了很多年。对她和别人而言，这只是一件微乎其微的小事。但对于我们来说，这举足轻重。

那之后发生了许多事。与我们有关的，与杰克父母有关的，与DQ店里那个女孩子有关的，与维尔太太有关的——不过我们都在这里了，在这所学校里，而不是任何其他地方。关乎同一件事的所有部分，我们必须把她放进来，和我们一起，看看会发生什么。这是关于她的故事。

我们又听见了脚步声，是靴子的声音。缓慢的脚步声，仍在远处，正向这里走来。声音越来越响，他不慌不忙，他知道我们无处可去，他一直都知道。现在他来了。

脚步声越来越近。

人们总是讨论忍耐力。为了前进，为了变强，忍受任何事物。但若想拥有忍耐力，你就不能只是一个人。你需要和他人保持亲密关系，这始终是构建生活的基础。孤独只会演变成一种缺乏忍耐力的挣扎。

我们能做什么，在没有其他人的时候？在我们完全只能靠自己生存的时候？如果我们永远只有自己，我们该怎么办？如果永远都不会有别人存在，我们该怎么办？如果这样，生活的意义又是什么？一切皆有意义？一天有什么意义？一周呢？一年？一整个人生？一整个人生的意义又是什么？它总该有些其他什么意义。我们得试试其他路，其他选项，仅剩的那一个选项。

我们并不是无法接受和感知爱情和激情，并不是没有能力去经历这些。但，和谁一起呢？如果没有别人存在的话？所以我们回到那个选择，那个问题的选择。最后，它成了我们所有人的问题。我们决定做什么选择？继续还是停下，继续？或者呢？

你是好孩子还是坏孩子？这个问题问错了，永远都问错了，没有人能回答。那个打匿名电话的人从一开始就知道，我知道，是的。只有一个问题，我们都需要她来回答。

. . . .

我们决定不再去想心跳的问题。

互动，联结，都是必需的，我们都需要。孤独不会永远存续，直至它真正达成了一种状态。

我们永远无法一个人成为接吻技术最好的人。

或许这就是当一段关系真正建立时，我们自会了知的原因。一个之前从未和我们有过关系的人开始了解我们，以一种意想不到、前所未有的方式。

我用手捂住嘴，不让自己发出声音。我的手在颤抖，我不想有任何感觉。我不想见到他，我不想再听见任何声音，我不想眼睁睁地看着。这并不美好。

我已经做出了决定。没有其他路可走，太晚了。在一切都发生了之后，在过了这么久之后，在过了这么多年之后。或许如果我在酒吧把写了电话号码的纸巾给了她，或许如果我想办法给她打了电话，或许一切都不会变成现在这样。但我没能给她，我没有给她。

他就在门外，他就站在那儿，是他做了这些。他把我们都带到了这里，都是他干的，只有他。

我伸手摸到了门，等待着。又一声脚步，更近了，依然不紧不慢。

需要做个选择，我们都需要做个选择。

是什么将这些汇集到了一起？是什么赋予了生命以重大的意义？是什么给予了生命以形态和深度？最后，我们共同迎来结束。所以，为什么我们要等待结束，而不是主动追求结束？我还在等什么？

我希望自己曾经能做得更好，我希望自己曾经能做得更多。我闭上了眼，眼泪落了下来。我听见靴子声，橡胶靴的声音，是杰克的靴子，我的靴子。就在外面，在这里。

他就站在门前，门开了一条缝。我们在一起了，最终。他，我，我们。

如果情况无法好转了怎么办？如果死亡不能带来解脱怎么办？如果蛆不停地吃吃吃，我一直能感觉到，怎么办？

我把手背在身后看着他。他满头满脸罩着什么东西，他手上还戴着黄色橡胶手套。我想移开视线，闭上自己的眼睛。

他向我走了一步，更近了，足以让我伸手摸到他。我能听见从面罩下传来的呼吸声，我能闻到他身上的味道。我知道他想要什么，他准备好了。为了结束，他准备好了。

所有事物都需要均衡配比。我们的温控孵化器里有大量酵母和大肠杆菌培养液，至少二十升，这些菌类都进行了基因层面的处理，用以匹配我们选择的蛋白质。

当我们选择将结局拉近，我们就能创造出一个新的开始。

它是用数学模型测算而出的我们所看不见的额外质量，构成星系并使星系旋转。

他抬起面罩底部，露出下巴和嘴。我能看见他下巴上的胡楂儿，还有皲裂的嘴唇。我把手放在他肩上，我必须集中注意力才能让自己的手不颤抖。现在我们都在这儿了，我们，全部。

金星上的一天相当于地球上的 115 天……它是天空中最亮的天体。

他拿起橱柜里的一个金属衣架放在我手里。"我想结束这一切了。"他说。

我掰直了衣架又对折了一下，这样衣架的两端就能指向同一个方向。

"对不起，为所有的事。"我说。"对不起。"我想。

"你可以执行了，现在你能帮我了。"

说得没错。我必须执行，我们必须帮助他，所以我们才在这里。

我转过右手，尽可能用力地塞了进去。一下，两下，塞进去，拔出来。

再一下，塞进去，拔出来。我猛烈地戳刺着自己的头颈，由下向上，从下巴下方进入，用上了全身的力气。

之后，我倒下了，越来越多的血，那些东西——唾液、血液——混着泡沫从嘴里吐了出来。刺穿了那么多小洞，很痛，所有的洞都在痛，但我们感觉不到。

现在一切都结束了，对不起。

我看着自己的手，一只手在颤抖，我想用一只手稳住另一只手，但做不到。我倒在了橱柜里，一个单一个体，回归为一。我，只有我，杰克，再次一个人了。

我决定了，我不得不做出选择。无须再多想，我回答了那个问题。

——还有一件事我想问：笔记本。

——怎么了？

——那个笔记本，在他身旁的，有人告诉我那儿有个笔记本。

——你听说的？

——是的。

——那可能算不上笔记……好吧，它上面写了很多细节。

——细节？

——可能是某种日记，或者说是故事。

——故事？

——我想表达的是，他写了些角色，或是他认识的人。不过他也在故事里，但他不是讲故事的人。好吧，或许他是，用某种方式。我说不清，我不知道自己是不是看明白了。我说不清哪些是真哪些是假。而且……

——里面有没有提到为什么？有没有提到为什么他……结束了自己？

——我不确定，我们都没法确定。或许吧。

——你说的是什么意思？他要么解释了要么没解释。

——那个……

——什么？

——没那么简单，我说不清。给你，你自己看吧。

——这些是什么？写了这么多页。都是他写的？

——对，你应该读一读。或许你可以从最后开始看，然后再从头看到最后。不过首先，我觉得你最好能坐下来。

我想结束这一切

[加] 伊恩·里德 著

千耳 译

I' M THINKING OF ENDING THINGS

By Iain Reid

图书在版编目（CIP）数据

我想结束这一切 /（加）伊恩·里德著；千耳译.
— 北京：北京联合出版公司，2017.10
ISBN 978-7-5502-9755-5

Ⅰ.①我… Ⅱ.①伊…②千… Ⅲ.①长篇小说—加
拿大—现代 Ⅳ.① I711.45

中国版本图书馆CIP数据核字（2017）第168568号

北京市版权局著作权合同登记号 图字：01-2017-5187 号

选题策划	联合天际
责任编辑	徐　鹏　崔保华
特约编辑	刘　默　黄丽晓
装帧设计	@broussaille 私制
美术编辑	晓　园

UnRead
文艺家

出　　版	北京联合出版公司 北京市西城区德外大街 83 号楼 9 层　100088
发　　行	北京联合天畅发行公司
印　　刷	北京联兴盛业印刷股份有限公司
经　　销	新华书店
字　　数	118 千字
开　　本	787 毫米 × 1092 毫米 1/32　6.5 印张
版　　次	2017 年 10 月第 1 版　　2017 年 10 月第 1 次印刷
I S B N	978-7-5502-9755-5
定　　价	49.80 元

关注未读好书

未读 CLUB
会员服务平台